KB071756

삼월의 토끼

이정은 장편소설

청어

삼월의 토끼

이정은 장편소설

달려라, 벗어나라, '3월의 토끼!'

여기 보호막 없이 세상을 견뎌내야 하는 한 생명의 삶이 있다. 지금 그녀 이야기를 하려고 한다. 신은 혼자서 인간 만들기가 버거워 인간에게 대신 탄생의 과업을 주었다고 한다. 부담 큰 이 일을 기꺼이 하도록 남녀 간 강렬한 사랑으로써 생명을 탄생케 했다는 것이다.

생명은 양육과정에서도 탄생 못지않은 사랑을 필요로 한다. 탄생을 위해서일 때보다 더 큰 사랑으로써 여린 생명을 보듬어 자라나게 해야 한다. 낳고 키우는 이 둘 가운데 어느 한쪽만 부족해도 인류는 멸종될지 모른다. 살아남는다고 해도 온전한 인격체로 영글지 못하는 쭉정이가 될지도 모른다.

부모가 버린 아이들에 대해 말하고 싶었다. 어른들의 일방적인 생각, 계산에 의해 방치되는 아이들, 사회에 발붙일 곳 없는 아이들은 이내 범죄의 먹잇감이 되기 십상이다. 사랑의 관심과 격려라는 비빌 언덕이 없는 외톨이들을 돌봐주는 건 사회, 곧 우리 모두의 과제가 아닐 수 없는데 말이다.

축복받지 못한 죄 없는 생명들, 가난과 불륜으로 세상에 태어나 보호자 없이 막막하게 내 던져지는 생명들, 매 맞는 게 일상이 되어버리는 생명들, 음지에서 겨우 목숨을 부지하고 있는 생명들…. 그 고통은 어른이 되어서 복수하고 싶은 트라우마에 시달리게도 한다. 고통이 클수록 증오심도 커간다. 이런 부정적 마음에 가득 차서 세상을 살아가기란 얼마나 어렵겠는가. 진정 누군가 잡아주는 손길이 절실하건만.

사랑하는 남편을 빼앗아간 첩, 그가 낳은 남편의 딸을

키우며 미움을 다스리지 못해 악인이 되어가는 여자. 그 입장이 이해는 간다 해도, 미움의 매질 속에 살아야 하는 어린 생명의 삶은 비참 그 자체다. 그 여자, 그 어미의 죄를 고스란히 받아야 하는 한 일생을 그리고자 했다.

사건이 세상에 알려지는 순간 피해는 과거요, 가해는 현재로 나타난다. 그래서 많은 이들이 현재 가해자의 후회와 고통스러워하는 모습에 동의하게 되기도 한다. 피해는 과거에 이루어졌고, 가해자는 불쌍한 모습으로 용서를 구하는 모양새다. 피해 현장은 이미 지워졌고, 가해자는 변명이나 거짓말을 한다. 우리는 현실만 보고 객관적인 입장을 취하기 쉽다.

그러나 그 누구도 피해자의 고통을 고스란히 대변할 수는 없다. 당시 그 고통을 절감하지 않고는 나름의 판단으로써 선처니 감형이니 용서를 함부로 입에 담을 수는 없으리라.

세상을 놀라게 한 '정인이 사건'. 제2, 제3의 정인이들이 고통 중에 죽어간다. 우리는 사망 당시 상황으로 미루어 그 고통을 짐작할 따름이다. 정작 당사자가 당하고 있던 때의 그 고통을 우리가 어찌 다 헤아릴 수 있겠는가. '남의 갈비뼈 부러진 아픔보다 내 손톱 끝에 박힌 작은 가시 하나가 더 아프다'고, 피해 당사자가 아니면 어찌 그 고통을 다 알겠는가.

『삼월의 토끼』 주인공은 고통으로 인해 태어난 자체를 원망했고, 생명을 버리지 못해 살아남는다. 그늘이 깊으면 증오도 크다. 그리고 복수의 칼날을 벼린다.

버려진 아이들은 어느 연령에 도달하면 고아원도 더 이상 보호막이 되지 못한다. 이제부터는 보호하지 못한다고, 자립하라고 내보내진다. 아무 준비도 없이 사회로 내몰리면서 생활고며 사기며 사회악에 당하고 좌절하기 일쑤다.

어느 청년은 늘 칼을 품고 다녔다고 한다. "행여 길에서라도 나를 낳은 여자를 만난다면 칼로 찔러 죽이려"해서 였다고. 끔찍한 말이다. '부모님 은혜는 하늘같아서…'

라는 노래도 있는데, 하물며 죽이려 한다니! 버릴 거면 왜 낳았는지, 그래서 온갖 고통을 겪게 했는지 묻고 응징하고 싶었다는 얘기다. 피해자의 편에 서면 복수심도 이해 못 할 바는 아니다. 그럼에도 이런 억울함과 분노를 넘어 사회가 그 악순환을 끊어내야 한다. 보호의 사각지대에 놓인 이들이 조금이라도 낫게 살만한 세상을 만들어가기 위해서라도.

복수의 장면만 보노라면 이거 지나치지 않은가 여길 수도 있다. 하지만 채찍에 휘둘린 당사자 주인공의 아픔을 안다면 함부로 판단할 수 있을까. 인과응보의 프레임을 떠나 지극히 비인간적인 행위는 그만큼 벌을 받아야하지 않을까.

생각에 생각을 더해 봐도 그때 약자의 고통을 다 느끼기란 어렵다. 폭력의 결과로 나타난 상처, 멍, 뼈 골절 등으로 짐작할 뿐. 직접 피해자, 주인공의 영과 육, 혼의 깊은 아픔 속으로까지 들어가 봐야 하리라. 영원히 잊힐 수 없는 아픔, 고통에 공감해 봐야 하리라. 그 결과, 복수에의 집착 또한 얼마나 허약하고 허망한 것인지에 대해서도.

약자로 살아가는 어린 생명에게 강자가 가한 폭력은 어떤 벌로도 용서해서는 안 될 것이다. 그 고통을 모른 체 가해자들이 살아가게 두어서도 아니 될 것이다. 모든 행위에는 적절한 대가가 따라야 마땅할 터이니. 섣불리 용서라는 말로 얼버무리고, 당사자도 아닌데 왈가왈부하는 판정은 2차 가해에 다름 아니다. 칼날을 세우던 그 청년은 다행히도 복수의 마음을 버렸다고 한다. 이젠 홀로 설 수 있기에 모진 목숨이라도 이 세상에 태어나게 한데 대해 감사할 차례라고 말했다.

소설의 사회적 순기능을 마다하고 이런 주제를 선택하게 된 까닭은 내 어릴 적 친구의 무표정한 모습을 기억 속에서 지울 수 없었기 때문이다. 결국 그는 이 세상의 삶을 스스로 마감하고 말았다. 이제 그 영혼을 위로해 줄 방법도 없다. 매를 맞고 절뚝이며 마당으로 쫓겨나던 친구 얼굴이 지금도 눈에 선하다. 삶의 희망을 잃어버린 자의 얼굴, 차마 쳐다보기도 어렵던 그 얼굴. 사람이라기보다 그저 지구상의 물체, 살덩이에 불과해 보였던 모습. 그에게 꼭 복수할 기회가 주어졌으면 했다. 그렇게 해서라도 혼을 달래주고 싶었다. 좀 더 살만한 세상을 꿈꿔보고 싶었다. 그 어떤 복수든 간에 나는 그녀에게 감히 면죄부를 주고자 한다!

폭염주의보가 내린 초여름에
이정은

목차

제2부 작은 희망

제3부 팜 파탈

프롤로그

　요즘 아동 학대에 관한 언론기사가 쏟아지고 있다. '정인이 사건'이나 '조두순 사건' 같은 아동 학대에 대한 끔찍한 뉴스가 연일 미디어를 통해 세상에 알려지고 있지만, 그것은 일부분에 지나지 않을 것이다. 태어난 줄도 모르게 오감을 가진 어린 생명이 고통 중에 죽어가고 있다.

　모진 매를 맞으면서 학대를 감당해야 하는 어린아이들의 고통을 사회가 막아줄 수 있을까? 한 사회의 취약한 부분은 언제 발생할지 모르는 비극의 주인공들, 사회의 어둔 구멍이 생긴다. 그 숨겨진 구멍은 우리 사회의 얼굴이기도 하다.

수많은 어린 생명이 아무도 모르는 사이에 죽었고, 죽어가고 있다. 태어난 지 16개월밖에 아동이 양부모의 학대로 숨진 '정인이 사건'이 발생한 이후, 법을 개정하고 경찰 시스템이나 입양 제도 등을 정비하려는 움직임이 이어지고 있다. 하지만 부족하다. 그들이 사회에서 소외받지 않도록 더 많은 관심을 가져야 한다는 자성의 목소리가 크다. 하지만 밝혀지지 않은 생명들이 죽어간다.

언제부터 생각이 시작되었을까? '나'라는 자각이. 몸에 기억은 매질의 아픔으로부터 시작된다. 몸에서 머리, 오감과 육체의 고통은 '나'라는 존재가 있음을 느끼게 한다. 어떤 생각이 있고부터 그건 '자신'이라는, 한 생명체로서 존재하는 '나'라는 개념을 자각하게 된 것이다.

지금껏 고통을 견디며 생명을 붙잡고 살아냈음은 기적이다. 부모의 불륜으로 태어난 어린 생명의 불행은 처음부터 예고된 일이었다. 모든 생명체가 그러하듯 자신의 의지와는 상관없이 태어난 생명이 삶의 싹을 튼 것이다.

엄마는 살길을 찾아 떠나고, 본처인 큰엄마 집으로 내

던져진 아이는 모진 학대를 견디며 가까스로 생명을 유지했다. 말을 시작하기 전, 어릴 때 큰집으로 보내졌다면 생명을 잃었을 것이다.

연화는 초등학교 6학년 즈음이었기에 죽임을 당하지 않고 살아남았다. 말을 할 수 있고 주위의 시선 때문에 살아남을 수 있었다. 보호자 없는 외톨이 아이는 어린 나이에 성폭행을 당했다. 아무도 그녀의 아픔을 알아차리지 못했다.

큰엄마 동생에게 성폭행을 당하고도 말하지 못하고 숨기게 된 것은 첩의 딸이라는 주홍글씨 때문이었다. 에미를 닮아 남자에게 꼬리를 친 탓이라고 몰아부쳤다. 얼마나 많은 사람에 의해 '남자에게 꼬리를 치는'이라는 말을 들었는지 모른다. 주눅이 들었고 실제 그럴지도 모른다는 가스라이팅(gaslihting, 타인의 심리나 상황을 교묘하게 조작해 그 사람이 스스로 자신을 의심하게 만듦으로써 타인에 대한 지배력을 강화하는 것) 당했다. 자신을 비하하는 자아상실이라는 열등감이 그녀를 지배했다.

그녀는 운명이라는 말을 좋아하지 않는다. 그런데 운

명이라는 말을 자주 되뇌인다. 첩의 딸이라는 말을 들을 때마다 운명이라는 단어를 떠올렸다. 엄마의 죄가 나에게 원죄로 이어지게 된 것이다. 정상적인 가정이 아니라 불행한 미혼모, 생활 능력이 없는 가난한 엄마에게 태어난 탓이다. 미혼모인 엄마 혼자서는 살아갈 수 없는 힘없는 약자였고 자신의 아이를 소중하게 키울 수 없었다.

오늘도 또 다른 '정인이들'이 음지에서 죽어갈지도 모른다. 모진 학대 소식이 귀를 틀어막아도 들린다. 수없이 많은 울부짖음, 아픔들이 허공을 떠돈다. 어릴 때 통증이 지금도 기시감을 동반하고 다시 그녀를 엄습한다. 그 기억은 지울 수 없다. 지워지지 않는 기억이 떠오를 때마다 몸이 먼저 알고 반응한다.

몸은 과거의 기억을 잡고 놓아주지 않는다. 머리를 향해 몽둥이가 돌진했을 때의 파열음은 지금도 생생하다. 칼을 대자마자 산산조각이 나는 잘 익은 수박처럼 머릿속이 튀어나와 산산 조각난 것 같은 생각이 잠깐 들었다. 기절했다가 정신이 들어 주위를 둘러보니 아무도 없다. 가까스로 일어나서 손을 들고 머리를 만져본다. 머리통은 깨지지 않았나 보다.

통증이 온몸을 돌아다닌다. 몸 전체를 맞았나 보다. 다 기억하지 못해도 '아킬레스' 신화 이야기가 나오면 복숭아뼈가 으스러지는 환상이 반복된다. 복숭아뼈를 강타당하면 통증이 머릿속까지 이어진다. 통증은 몸의 한 부분에서 몸 전체로 연결된다.

큰엄마는 표시가 나지 않게 때리는 법을 잘 알았다. 그리고 어디가 가장 아픈 곳인지도 알았다. 복숭아뼈가 튀어나온 곳을 찾아 때리면 아픔은 몇백 배가 된다. 큰엄마의 매질은 최대한으로 아프게 해야 한다는 독기가 서려 있다. 일을 물고 분노와 함께 내리치는 매질은 인간을 자지러지게 한다.

그녀는 요즘 잠들지 못하는 날이 잦아졌다. 많은 시간이 지나고 치료과정을 거쳤어도 몸은 기억을 잃지 않는다. 강한 통증이라는 말로 간단히 표기할 수 없다. 아마도 생명이 있는 한 통증은 영원히 기억되고 그녀를 괴롭힐 것이다.

후에 깨달은 것은 운명을 짊어진 채 태어난 것은 내 의지가 아니었고 그녀로서는 어쩔 수 없었다. 아무리 발버둥 쳐도 고통을 이기는 길은 없다는 것이다. 어떻게 하든 그들의 밑에 복종하는 길밖에 없음을 알았고 목숨을 부지하기 위해서는 가해자에게 사랑을 구걸해야 했다.

그녀를 세상에 있게 한 조물주와 싸우지 않고는 한시도 살 수 없었다. 탈출구가 없는 막다른 길에서 생명을 유지할 수 있었던 것은 체념뿐이다. 언젠가 구세주가 나타나리란 희망으로 목숨을 부지한 나치시대 유대인들처럼 혹은 성서에 나오는 출애굽기에서처럼 끝없이 기다려왔다.

구세주는 없을지도 모른다. 그래도 관계없다. 있지도 않은 신, 그 허상과 싸움이라도 하지 않으면 삶을 이어갈 수 없다. 지금부터의 기록은 생애 전체를 통해 신과 싸움으로 일관한 기록이다.

제1부

이기적인 유전자

3월의 토끼

　자유란 무엇인가? 두려움을 극복하는 일이고, 죽음에
이르는 고통을 넘어선 체험만이 인간에게 자유를 허락한
다. 연화는 어느 책에서 본 구절을 떠올렸다. 그러나 이
게 무슨 말인가?

　온 대지가 초록 융단처럼 푹신한 느낌이다. 풍성한 여
름도 보는 사람 상황에 따라 다르게 다가온다. 앞다투어
피어나던 잎들이 순서와 상관없이 마구잡이로 엉켜 있다.
어떤 이는 여름의 풍요로움을 말하겠지만 연화는 자신의
처지를 비웃기라도 하듯 자연이 사치스럽도록 아름답다
는 생각이 든다. 세상은 누구를 위해 사계절을 주고 계절

마다 옷을 갈아입고 모양을 내는가?

봄은 추운 겨울을 몰아내고 더위를 향해 달음질치는 여름에 밀려났다. 여름을 이겨낸 계절, 가을은 우리에게 풍요로움을 선사한다. 그리고 겨울…. 다시 겨울을 넘어 봄이 올 것이다. 계절의 순환은 자숙과 기다림을 알게 한다. 자연의 법칙은 죽음과 부활 그리고 승천까지 수없이 반복되고 있다.

연화는 어느 봄날 토끼해 3월에 태어났다. 다섯 살, 아장아장 엄마를 따라 앞마당 텃밭으로 다니면서 놀았다. 아이의 반짝이는 검은 눈을 보고 지나가던 무속인 아주머니가 혀를 차면서 말했다.

"눈이 예쁘구나. 하지만 초년고생을 어찌 견딜꼬."

"왜? 그래요."

"더군다나 토끼띠에 3월이면 견디기 어렵겠는걸."

무속인의 말에 엄마는 화를 냈다.

"쓸데없이… 누가 물어봤어요."

"안타까워서 하는 말이지."

"아기에게 왜 그런 말을 해요?"

"초년만 참고 지나면 잘 산다는 말인데? 무슨 불만이 그리 많아."

"에이, 재수 없어."

연화가 어린 시절을 회고하게 된 것은 엄마가 이야기해 준 사실을 바탕으로 기억도 함께 되살아나기 때문이다. 이야기는 마치 그녀가 경험한 것으로 기억된다. 엄마의 사랑으로 출발한 새 생명은 맑고 깨끗한 영혼을 간직했다. 그 순수함 위에 태양, 달, 바람, 그리고 태고의 침묵을 깨고 숨찬 출발을 시작한 것이다. 태양은 밝고, 바람이 불고, 이웃은 조용했으며 세상이 풀냄새 향기로 그윽했다. 그러면 어렸을 때 나를 속이지 않던 신이 내게 찾아와 자신이 만들어 놓은 태양과 달과 바람을 내게 거저 주는 선물이라고 말했다.

"연화야 어딨니?"

그 부름이, 그 부드러운 목소리가 내 귀를 울렸다. 그 이름은 후에 내게 닥친 악연으로 인해 불행의 대명사처럼 여겨졌고, 악연은 주변 사람으로 인해 고통도 같이 왔다. 세상은 평화를 유지하려는 인간의 노력이 허사가 되기도 했다.

초등학교 5학년 엄마와 함께 양 진사 댁 문간방에 살던 때였다. 학교 갔다 오는 길이었는데 대문 앞에 사람들이 모여 있었고 웬 낯모를 여자도 보였다. 마당에는 가구들이 내팽개친 채 있었다. 누군가 마구 집어던진 것이다.

낯선 아주머니들이 몰려와서 엄마의 머리채를 잡고 때린다. 엄마는 대응도 못 하고 그 여자들에게 끌려다니고 있었다. 엄마는 혼자였고 여자들은 셋이나 되니 대응해 봤자 소용이 없었을 것이다. 집안을 부수며 난동을 부려도 이웃 사람들은 무성 영화처럼 멀거니 서 있을 뿐 아무 말도 없었다.

낯선 여자들의 분풀이가 이어졌다. 엄마가 무슨 잘못을 했는지 아무리 생각해봐도 알 수 없었다. 엄마는 한쪽 구석에서 두 무릎 사이에 머리를 처박고 있어 머리카락이 뽑힌 정수리만 보였다. 집안 가구들이 처참하게 어지럽혀진 상태였다.

마루 위에는 엄마가 밥을 먹던 중이었는지 고추장 종지가 엎어져 있고 숟가락이 멀리 튕겨 나간 채였다. '불쌍한 우리 엄마' 이러다가 엄마가 죽을 것 같아 연화는 엄마에게 달려가 끌어안고 엎어졌다.

"아직도 붙어 있는 것을 보니 이 년이 매운맛을 덜 봤네."

"엄마!"

연화가 울며 엄마를 감싸자 여자들이 내려치는 몽둥이가 머리 위로 날아들었다. 통증은 무자비했다. 주변에 있는 집과 나무들이 빙글빙글 돌기 시작했다. 뒷산이 머리에 와서 부딪친 것 같기도 했다. 머릿속 골들이 산산조각난 것 같았다. 쩡하는 소리가 들렸다. 정신이 아득해졌다. 내 존재 자체를 잃어버렸다. 엄마에게 겨냥한 몽둥이가 빗나가 연화의 머리를 맞춘 것이다.

얼마의 시간이 흘렀을까?

눈을 떴을 때 낯선 여자들은 보이지 않았다. 그들은 내가 기절하자 매질을 그만두고 가버렸다고 했다.

정신을 차리고 일어나 보니 엄마가 나를 안고 있었다. 그때 나를 지켜줄 엄마가 얼마나 나약한 존재인지 처음 알았는데 커다란 힘 앞에 한없이 연약한 어린이 같았다. 가림막이 없는 허허벌판에 서 있는 외로운 나무였고, 그녀는 험난한 세상에 무방비로 던져진 고아 신세였다.

동리 사람들은 구경만 할 뿐 말리지 않는다. 싸움 구경이 재미있는지 서로 수군대고 지켜보기만 했고, 머리채를 잡힌 채 이리저리 끌려다녀도 서서 구경만 할 뿐이었다. 이웃에서 정답게 살던 사람들인데.

열두 살 여자아이는 엄마가 타인에게 피투성이가 되도록 맞는 장면을 목격했다. 가슴 깊이 박힌 마음의 상처가 평생을 지배했던 것이다.

수전 손탁(미국의 소설가이자 수필가, 예술평론가, 사회운동가)은 이렇게 말했다. 인간은 타인의 고통을 즐기는 관음증 환자라고….

연화는 엄마가 저렇게 맞고 있는데 가만히 보고만 있는 저들, 구경꾼들을 보면서 인간의 잔인함에 몸이 떨렸다. 엄마가 과거에 죄를 지었더라도 현장에서 보지 않은 사람들로서는 이유 없이 매를 맞는 엄마를 동정하고 같이 아파하는 것이 인지상정이고 그것이 정상이다.

낯선 사람들이 혼자인 엄마를 폭행하는데 아무도 말리지 않는 것이 이상했다. 그럼에도 아파서 괴로워하는 것을 보면서 그들은 모두 심판자처럼 때리는 여자들과 같은 편에 서서 즐기고 있었다.

인간이 얼마나 사악한가?

아무리 죄인이라도 아파하는 사람을 보면 괴로울 텐데. 잔인하게도 엄마가 머리를 움켜잡고 자지러지는 것을 멀찍이 서서 보기만 하고 있었다. 싸움 구경이 가장 재미있다는 말이 있는 것을 보면 인간은 남의 불행을 즐긴다는 것이 맞는 것 같다.

엄마는 자신이 죄인이라는 생각에 아무 저항도 없이 맞고 있었다. 원초적인 본능과 자신을 유혹한 남편의 탓이라고 생각했지만 설명할 수가 없다. 왜 여자들은 자신의 남편이 저지른 일에 대해 나무라지 않고 그와 인연이 닿아 만난 여자, 엄마만 미워하는지 알 수 없었다.

역지사지(易地思之)라는 말은 자신이 이로울 때만 적용되는 말인가. 앞으로 자신들의 자식들이 어떤 사랑을 하게 될지 누구도 모른다. 자신들의 동생이나 딸이 잘못된 사랑을 해서 폭행을 당한다면 그냥 구경만 할 것인가. 아마도 원인에 대해 따지고 가슴 아파했을 것이다.

이웃 여자들은 마치 자신들의 남편을 빼앗아간 것처럼 엄마를 향한 분노에 동참했다. 그들의 편에 서서 그들과 함께 분노하고 있었다. 내 것을 빼앗긴 분노가 얼마나 큰

것인가 가늠하긴 어렵다. 정의의 편에서 자신의 남편을 빼앗아간 여자라고 생각했고, 같은 피해자로 동질감을 느끼고 쾌감까지 느끼는 것처럼 보였다. 어제까지 이웃이었던 여자가 매를 맞고 있는데도 연민도 없었다.

연화는 엄마 치마에 얼룩진 김칫국물을 걸레로 닦았다. 그릇을 집어 올려 상위에 놓고 치웠다. 어린 딸을 본 엄마는 몸을 일으켜 추스르고 있었다. 매 맞은 자국이 시퍼렇다. 벌겋게 부은 눈을 손으로 어루만지면서 흐트러진 머리를 감아올리고 있었다. 부엌으로 가서 세수하고 나와 아무렇지도 않은 척 딸에게 밥상을 차려 주었다.

엄마가 낯선 여자들의 행패에도 다른 곳으로 떠나지 못하고 그곳에 머물러 있었던 것은 이사 갈 돈이 없어서다. 살면서 아버지에게 계산서를 챙겼다면 이런 혹독한 징벌을 피할 수 있었고, 관계 청산이 쉬웠을 것인데 그렇게 하지 못해서 고통을 감내하고 있었다.

"아직도 더 뜯을 게 남았구나."

옆에 있는 여자가 말했다.

"그동안 뒤로 빼돌린 돈이 많을 것 아니야."

동리 사람들은 연화 모녀가 어렵게 사는 것을 보고도 낯선 여자들의 말을 믿고 쑥덕거렸다.

외톨이가 된 엄마는 마을에서 더 이상 발붙일 수 없었다. 시간이 흐르면서 이제 모녀가 아무도 없이 고독한 세상을 살아야 한다고 어렴풋이 깨닫고 있었다. 불법 체류자처럼 사라져 주어야 한다는 사실을 절감했다. 그런데 어디로 가야 하지? 이 세상에서 아무도 원치 않는다는 걸 알아차렸다. 가족의 화목함 아버지의 사랑 등등. 다른 사람들이 갖는 것들에 대한 정당한 권리를 가질 자격이 없는 불법적인 존재라는 것을 깨달았을 뿐이다.

원죄

춘심은 남편 정수에 대한 원망이 하늘을 치솟았다.

"못된 놈. 걱정하지 말라고 했으면 책임을 져야지. 왜? 번번이 당하게 만들어?"

그 무책임에 분노했고, 배신에 하늘이 무너지는 절망을 경험했다. 사랑했던 사람의 변심이 여자에게 얼마나 큰 상처인지도 모른다. 육체적인 것만 원한 것도 사랑인지 모르지만 춘심은 사랑하는 사람만 있으면 행복하다고 생각했다. 정수가 걱정하지 말라며 자신만 믿으라고 해서 믿었을 뿐이다.

남편에게 원망하기도 여러 번이고 테러를 당한 것도 세

번째다. 번번이 사랑이라는 말로 대신했지만 이렇게 내버
려 두는 것은 사랑에 대한 배신이 아닌가. 사랑에 대한 배
신뿐 아니라 인간 자체에 대한 배신이었다. 처음 사랑을
시작할 때였다. 주변에서 혹시 거짓이 있을지도 모른다는
말을 했어도 춘심은 조금의 의심도 하지 않았고 사랑하는
사람의 말을 믿었다. 전처가 없다고 했고 그 이유도 묻지
않았다. 아이가 있다는 말에 기꺼이 그의 아이를 돌볼 생
각이었다.

춘심은 혼자서 거대한 세력, 기득권을 주장하는 권력
에 맞설 수 없고, 그럴 힘도 없었다. 정당성에도 어긋났
기 때문에 모두 죄인 취급하면서 대들어도 반항하거나 맞
서 싸울 힘도 없었다. 자신을 사랑한 여자가 일방적으로
무방비로 맞았는데도 남편인 '정수'는 소식은 물론 낯짝도
비추지 않았다. 잠시 틈을 내서 춘심을 위로해 주고 가야
마땅한 일 아닌가. 자신으로 인해 모욕을 당한 여자, 자
신이 사랑했던 여자를 버려둔 비겁자다. 이미 소식을 들
었을 터 감감무소식이다.

춘심은 화단을 정리하지 않아 시든 꽃잎을 보며 이제

자신은 시든 꽃이 된 것이라, 이젠 버려질 존재라는 것을 느꼈다. 운명은 전혀 계획하지 않았음에도 자신의 인생에 끼어들었다. 자신이 선택한 일이고, 그로 인해 불행한 삶의 시작되었고, 누구도 원망할 수 없는 일이다. 모두가 어리석게도 자신이 저지른 일이다. 남의 탓을 할 수 있다면? 원수를 갚을 일만 생각해도 된다.

'네가 선택했잖아. 자유의지를 주었으니 네 죄를 네가 갚을 준비나 해!'

누가 어떤 말을 해도 반박하거나 원망할 수 없는 일이다. 꺼이꺼이 울 수 있는 마음이라도 있었다면 가슴이 터지도록 울어보면 억울함이 나았을까? 마루에 걸터앉아 하늘을 쳐다보았다. 냇가에 늘어선 미루나무 위에서 매미가 목이 찢어져라 울어대고 있었다. 이 계절이 끝나면 곧 죽을 것을 알고 그러는 것 같았다.

정수의 거짓이 들어났을 때도 그는 춘심을 얻기 위한 어쩔 수 없었다는 그의 고백을 들었다. 적절치 못한 비겁한 행동이다. 춘심이 정수 곁을 떠날 수 없었던 것은 정수의 간절한 마음, 그의 사랑을 용서할 수밖에 없었다. 그녀 가슴도 그 마음을 받아들였기 때문이다.

어느 날, 예정에 없이 술을 먹고 들이닥친 정수를 밀어낼 수 없어 받아들인 것이 실수였다. 그날 밤 열정적인 사랑이 덜컥 임신이 되었다. 난처한 표정에 정수를 보면서 자신이 책임을 져야 했다. 지극한 사랑도 상대에게 부담이 된다는 것을 깨달았다. 춘심은 연화를 임신했을 때부터 각오한 일이지만 정수와 인연을 끊지 못해 지금까지 왔다. 입덧하는 춘심을 보고 망연자실하던 그의 표정이 지금도 눈에 선하다.

그때는 그의 입장을 이해해 보려고 노력했다. 정수는 '사랑은 너에게 주는 대신 본부인이 있는 큰집은 지켜야 한다는' 그의 의도, 처지를 말했다. 그때 그녀도 자신은 아이가 없어도 된다는 생각을 했었다.

자신의 욕심을 탓하며 아기가 사라지기를 바랐다. 민간요법으로 간장을 들이켜 보기도 하고, 눈앞이 아찔해지는 높은 곳에서 떨어져 보기도 하고 혼자 전전긍긍했다. 그러나 뱃속에 생긴 아이는 끈질긴 생명력으로 버텨내고 있었다. 그녀는 어느 날 마음을 돌려먹었다. 어차피 이렇게 된 이상 사랑의 힘으로 아이를 키우며 살아도 좋겠다고 생각했다.

춘심은 남편의 본처에게 죽도록 얻어맞은 후 몸져누워 생각해 본다. 밖에 나가기가 부끄럽다. 온 세상이 자신을 비웃고 있는 느낌이다. 사방에서 눈들이 따라와 손가락질하며 찔러대고 있었다. 자기들의 연인을 빼앗은 것도 아닌데 세상 모두가 죄인 취급이었다.

남편인 정수 생각이 났다. 사랑한 만큼 원망도 컸다. 잠시라도 틈을 내서 춘심을 위로해 주고 가야 마땅한 일 아닌가. 자신으로 인해 모욕을 당한 여자, 자신이 사랑했던 여자를 버려둔 비겁자다. 이미 소식을 들었을 터 아직도 감감무소식이다.

춘심에게 예쁜 여자아이가 태어났다. 방긋방긋 웃는 아기를 바라보면서 자신을 책망했다. 이렇게 예쁜 아기를 버리려고 한 것이다. 그것은 인륜을 거슬리고, 신의 뜻을 거스르는 일이다. 아무것도 모른 채 자신의 품에 안겨 방긋거리는 아이를 보며 모진 마음에 혹독한 겨울바람을 이겨내고 삐쭉이 올라오는 봄꽃 맹아리처럼 사랑이 움터 올랐다. 자신을 찾아와준 축복도 모른 채 생명을 거부했던 것이다. 자신과 눈맞춤을 하며 웃는 아기를 보며 그 생명의 신비를 인정하지 않으려고 한 자신이 벌을 받을지도 모른다고 생각했다.

'아가야 너는 이 세상에서 이 엄마가 살아갈 이유가 되었고 세상이 준 나의 최고의 선물임을 알고 있단다. 아가야 내 사랑하는 아가야. 어미라는 이름으로 살아가기가 겁이 났을 뿐이야. 내가 너를 사랑하지 않거나 사랑한 적이 없었다는 생각은 하지 말아라. 네가 이다음에 커서 이 어미의 상황을 알게 될 때, 그때까지 기다릴게.'

춘심은 아기 때문에 희망도 생겼고 살아갈 목적이 생겼다. 사노라면 온갖 고통과 싸울 힘도 생기겠지. 내 아기, 열 달 동안 내 몸속에서 함께한 분신인 아기를 생각하며 목숨 걸고 지켜내리라 결심했다. 춘심은 아기 이름을 '연화'라고 지었다. 혼탁한 세상이라도 연꽃처럼 청초하게 살라는 의미였다.

무더운 여름을 밀어낸 가을의 서늘한 바람은 곳곳에 색의 변화를 거쳐 가을이라는 계절을 완성해 나가고 있었다. 초등학교 2학년 연화는 수업이 끝나자 옆집에 사는 진희와 함께 학교운동장을 걸어 나왔다.

진희는 어릴 때부터 옆집에 사는 연화 친구였는데 둘은 교회 유치원에서 집에 돌아올 때도 같이 다니는 단짝이었다. 집으로 가는 골목길로 들어섰다.

"진희야 빠이빠이."

연화가 손을 흔들었다.

"내일 아침에 보자!"

연화가 말하자 진희는 머뭇거렸다.

"연화야 우리 이제 함께 학교에 가기 어려울 것 같아."

연화는 깜짝 놀라 진희 얼굴을 쳐다보았다. 친구라고는 진희뿐인데 그 애 엄마가 놀지 말라고 했다니 어떻게 하지? 그런데 그 이유가 이상했다.

"울 엄마가 그러는데 너는 첩의 딸이라고 하더라."

진희는 그렇게 말하고는 미안했는지 앞서 깡충 뛰어 대문으로 사라졌다. 연화는 그 자리에 그냥 서 있었다. 움직일 수가 없었다. '그럼 나는 이제 누구와 놀지?' 눈물이 나려고 했다. 유일하게 친한 진희가 없으면 큰일이다. 그래도 엄마한테 말하면 안 될 것 같았다. 엄마가 속상해할 것 같아 속으로 참고 있었다.

그때 이미 자신이 다른 아이들과 뭔가 다르다는 생각을 했다. 사람들의 소곤거리는 말투나 시선이 결코 좋은 일로 그러는 게 아니라는 사실을 어린 나이에도 어렴풋이 느낌으로 알았다.

"진희하고 놀다 온다고 하더니 왜 벌써 왔니."

집에 돌아오니 엄마가 물었다.

"진희가 먼저 집으로 갔어."

"그럼 다음에 놀면 되지."

"근데 이상해. 첩이 뭐야."

엄마는 아무 말도 하지 못했다. 말없이 나를 꼭 끌어안고 토닥였다.

'사람들이 말하는 첩의 딸이 무슨 의미일까? 다른 애들처럼 엄마도 있고 가끔씩 오긴 하지만 아버지도 있는데….'

연화는 자신의 삶이 어디서부터 잘못되었는지 알고 싶었다. 어릴 때 일기장부터 열어보았다. 그녀의 생각을 정리하게 되었다. 언젠가 자신의 삶의 역사를 기록으로 남기리라 결심했다.

세상에 많은 죄와 부작용은 인간이 만들어 낸 규범에

의해 죄인이 되고 아니고가 결정된다. 그 규범을 어긴 엄마의 잘못은 이미 임자가 있는 결혼한 남자를 사랑한 것이다. 그 사랑 앞에 붙어 있는 불행이라는 씨앗이었다.

춘심은 정수와의 인연을 탓하기 시작했다. 어디서부터 잘못된 것일까? 사랑도 선착순이 있고, 그 순서를 어긴 새치기는 남의 것을 훔친 도둑이 된 셈이다. 누가 연결했으며 어디서부터 잘못된 것일까. 몰래한 사랑? 남의 것을 가로챈 사랑은 많은 저주가 걸린 죄인의 길로 접어들게 했다. 인간이 만들어 놓은 법칙 때문에 수많은 죄인을 만들어 내고, 불행한 삶을 만들어 낸 것이다.

연화 부모, 두 사람의 이야기도 사랑이었다. 처음부터 사랑이 먼저이면 부작용이 생긴다. 사회적인 질서가 먼저이면 평탄한 삶을 살 수 있는 일이다. 이성에 눈을 뜨면서 첫 번째 인연으로 만나는 사람과의 관계는 어려울 수 있다. 철없던 시절 마주친 인연이 인생을 결정할 수 있는 확률이 적기 때문이다. 첫 단추를 잘못 채우면 다음은 순서를 뒤바꿀 수 없이 엉망진창이 된다.

사회적인 질서가 우선으로 규정지어진 사회에서 본

능을 선택한다면 그들의 결혼 생활은 파탄이 난다. 오랜 세월 동안 관습과 규범을 벗어나는 일은 경멸의 대상이 되어 왔다. 이런 일탈로 말미암아 생존권조차도 박탈당하게 된다. 인간이 만들어 놓은 도덕은 성적 욕망은 배척당하고 무가치하거나 쓰레기 인생으로 치부하게 된다.

옛날부터 야만성과 마성적인 무절제한 행위를 배척했지만 이런 본능은 그치지 않았다. 그칠 수가 없는 일이다. 인간에게 본능을 추구하는 일은 때로는 축복이기도 했지만, 인간이 규정한 법에 어긋난 경우 경멸당하기도 한다. 이럴 때 인간에게 내려진 의무와 벌은 절제만이 인간 대접을 받을 수 있다. 아이러니다.

인간의 몸은 성적 욕망, 억제되지 않는 욕구, 유혹, 호기심 어린 대담성에 대한 이미지와 상징 그 이상의 것이었다. 인간의 몸은 자체로 관능적이고 쾌락이 프로그램으로 짜여진 것, 그 때문에 위험을 감수하게 되더라도 그칠 수 없는 운명이다.

많은 고전에서 남녀의 사랑은 같은 실수로 시작되고,

비극으로 치닫게 되는 사랑을 다루면서 영원한 사랑이고 승리라고 말하고 있다. 사회적 도덕과 의무가 지배하는 낮의 세계와 자연의 욕망이 인정되는 밤 세계의 대립은 늘 인간을 극단적인 선택을 강요하거나 죽음을 예고한다. 완벽한 사랑은 죽음을 통해서만 증명되기도 한다.

낭만적인 사랑을 다루고 있는 수많은 이야기들이 지상에서 이룰 수 없는 사랑을 두 연인의 죽음으로 연결시킨다.

베르디의 아이다, 구노의 로미오와 줄리엣, 바그너의 트리스탄과 이졸데. 이들은 민족 가문 군신 관계 등의 이유로 사랑을 이룰 수 없게 되고 사회적 의무와 개인적 역경 사이에서 고민하다가 함께 죽음을 맞이하게 된다.

연화의 부모, 아버지와 엄마는 젊음이 시키는 대로 일시적인 유혹에 선을 넘어갔을 것이다. 고전에 기록된 주인공처럼 그들의 사랑을 기록했다면 그 기록자가 작가였다면 사랑의 승리자가 되었을까? 그러나 그들의 사랑을 기록할 만한 사람은 아직 없었고, 그들의 일시적인 사랑은 천덕꾸러기가 되어 온갖 나쁜 형용사로 뒤덮어도 모자랐다. 살아서 모진 고통을 겪어야 했다. 결과적으로 자식에게까지 고통을 물려준 것이다.

어린 연화는 세상 사람들에게 손가락질을 당하는 수모와 함께 인생은 곤두박질친 것이다. 본능과 사회규범 사이에 인간을 놓아둔 것은 잔인한 일이다. 어찌 되었든 사회적인 비난을 감수하고 사랑한 그들, 사랑의 대가는 컸다. 온 생을 저당 잡히며 살아야 했다.

한편 두 사람, 부모가 잘못된 사랑을 해서 받는 죄라면 그 대가를 그들이 받아야지 왜 그 딸인, 연화가 받아야 한단 말인가? 행동에 책임을 지라고 한다면 그것은 그들 몫이다. 그런데 왜 그녀가? 왜 벌을 받아야 하는 거지? 불공평한 거 아냐? 세상은 연화에게 생명을 주면서 그 대가로 엄청난 고통을 함께 주었다.

부모의 빚도 자식이 대신 값지 않아도 된다는 현실적인 법도 있지 않은가.

지금 이 상황에서 자식이 고통받는 일은 부모의 업보라고 한다. 나중에 안 일이지만 문제는 누구에게서 태어났느냐 하는 것이었다. 그에 따라 신분과 운명이 결정되는 거였다. 연화는 쓸모없는 존재였다. 잡초 같은 신세였다. 세상에 태어난 것만으로도 죄가 되는 불행하고 유감스러운 존재였다.

연화는 아직 그 말의 부당함을 이해하는 데도 어렸고,
이 모든 것이 태어난 죄밖에 없는 자신의 탓이 아니란 걸
알기에도 너무 어렸다. 어쨌든 사람들의 어투로 보아 자
신은 태어나지 않았어야 하는 존재 같았다. 어미로 인해
불행을 대물림하게 될지도 모르는 불안한 기운이다.

부모도 한때는 어린 사람들이었다. 그들도 알지 못하
는 죄로 고통받는 삶이 기다리고 있었다. 상대를 가리지
않고 리비도에 휩쓸리게 만든 본능은 누구의 탓일까? 제
어하지 못한 일이 개인의 실수이지 손가락질을 받을 잘못
은 아닌 것 같고 신의 장난이 틀림없다는 생각이 들었다.

부정적인 사랑에도 열매를 만들게 한 운명을 탓해야 한
다. 모든 동식물에 주어진 유전자의 대물림은 자연스러운
일이다. 그 중 뽑아내야 하는 생명의 씨앗이 존재한 것이
다. 그럼에도 모질게 살아남으려면 그 생명에 대한 대가
를 치러야 한다.

아버지와 엄마의 삶도 내가 없었다면 좀 더 편안한 삶

이었을 것이다. 더 나아씨앗, 그랬다. 연화의 존재는 악의 씨앗이었다. 그때 이미 자신이 저주받은 생명이었고 벌레만도 못한 존재라는 걸 어렴풋이 느낄 수 있었다. 생명 자체에 형벌의 씨가 따로 있다는 것은 가당치 않은 일이다. 한 생명의 귀중함, 신의 선물로 주어진 생명도 많은 인내와 고통을 승화시켜야 하는 임무를 태어나면서부터 부여받았다. 태어남과 동시에 철학자로 만들어 낼 작정인 운명인지도 몰랐다.

연화는 초등학교에 올라갔고 동화책을 읽으며 학교생활에 적응하려 노력했다. 어린 나이에도 혼자 노는 법을 배워야 했다. 늘 고독했던 연화는 누가 가르쳐 주지 않아도 혼자만의 세계에 침몰하는 법을 배우며 성장할 수 있었다.

희망 고문이라는 말이 있다. 가당치 않은 기대를 강요하는 희망이 바로 고문이다. 많은 시간이 지나간 후에 생각해 본다면, 고통의 연속이면 고문이고 살아 낼 가치를 깨달았다면 희망이 된다. 잠시 희망이라는 신기루를 떠올리는 것도 괜찮은 일이다. 그것마저 없다면 순간순간을 어떻게 견디겠는가?

초등학교 시절 우연히 『빨간 머리 앤』이란 동화책을 봤다. 꿈 많던 어린 시절 『빨간 머리 앤』은 많은 소녀에게 열광적이 필독서였다. 그때 그 동화책은 자신을 위해 만들어진 것 같았다. 때로는 왠지 모를 불안감을 지우려고 콧노래를 불러본다. 그리고 동화책에 빠져 살았고 그곳에서 빨간 머리 앤을 만난다. 앤처럼 긍정적인 생각을 하면서 사는 방법을 터득해 나갔다.

생각이 있을 때부터 자신의 삶에 드리워진 불안을 지우려고 콧노래를 불러본다. 빨간 머리 앤처럼, 긍정적인 생각을 하면서 어떤 어려운 상황에서도 희망을 노래하면 불행한 순간에도 공포가 사라질까? 희망적인 미래를 억지로라도 생각해야지? 앤의 희망을 상상하는 모습이 얼마나 귀여웠던지. 나도 앤처럼 긍정적인 생각으로 살면 밝은 미래가 기다릴 것 같았다. 꼭 밝음이 아니라도 고통을 이기는 방법, 남을 미워하지 않고 이해하는 마음을 가질 수 있을 것이라는 생각도 했다.

유독 희망이라는 가짜 환상이라도 붙잡으려고 발버둥치는 것은 아마도 반대의 상황으로 곤두박질칠 예감 때문이었을 것이다. 삶은 항상 예기치 못한 때 사람을 배신한다. 그 형태는 슬픔일 수도 있고 지독한 두려움일 수도 있다. 그럴 때 내가 할 수 있는 건 그리 많지 않았다. 피하고 외면해도 소용없었다. 억지로라도 웃고 긍정적이어야했다. 어린 영혼도 자신의 운명에 대해선 민감했던 모양이다.

사랑

    연화 아버지 박정수가 김춘심이를 처음 만난 곳은 읍내에 있는 '별 다방'이었다. 박정수는 면장을 만나기로 약속이 있어 읍내로 왔다. 이번 벼농사로 정부에서 수확량이 많은 통일벼를 개발했던 것이다. 정부의 지침에 따라 통일벼 씨를 받아야 한다는 통보를 받은 것이다.

    이장인 정수는 수확되는 벼의 수매가격과 기존에 심었던 고급 품종과 비교해서 가격을 논의할 예정이었다. 너무 서두른 탓에 시간이 남았다.

    이층에 있는 별 다방을 올려다봤다. 계단을 오르며 주인 여자가 반겨줄 것이란 생각에 미소를 지으며 안으로 들어섰다. 두리번거리는 그를 본 젊은 여자가 웃었다. 성수는 어리둥절해 서 있었다. 밝은 햇빛에 있다가 들어오니 실내가 어둑했다.

여자는 주인 마담을 찾는 줄 알고 말을 걸어왔다.

"언니는 잠깐 볼 일이 있어 나갔어요."

"아! 예에. 커피."

여자가 주문한 커피잔을 들고 옆에 앉았다.

"춘심이라고 해요."

일주일 전 처음 왔다고 자기소개를 했다.

"춘심 씨 말고, 성 씨는?"

"촌스럽지요. 그럼 '김 양'이라고 불러주세요."

정수는 눈앞에 들어온 한 여자를 봤다. 고즈넉한 분위기다. 고개를 숙이고 아무 말도 없이 정수 옆에 앉았다. 그녀는 그동안 그가 꿈꾸던 여자는 바로 이런 모습이라고 생각했다. 여자다움이란 꼬집어 정의하기는 어렵다. 하지만 막연히 생각했던 여자다움이었다.

"면장님, 여기 별 다방에 와 있어요. 이곳으로 오시죠."

"마침 퇴근해야 하니 그쪽으로 가리다."

"저녁 같이 하면서 이야기하시죠."

마침 마담이 들어왔고 정수에게 '김 양'을 소개했다.

"면장님과 저녁 하기로 했는데 마담도 같이 가지."

"그럼 김 양을 데려가세요. 면장님도 어제 오셨다 가셨
어요."

여자는 보호자가 필요하다고 말하는 것처럼 가련해 보
이기도 했다. 정수는 이 여자를 자신이 지켜주고 싶었다.
한 번쯤 안아보고 싶기도 하고 또 한 번쯤 기대고 싶기도
한 그런 생각이 드는 여자였다.

두 가지 길, 다 갖고 싶은 욕망이 불행에 몸을 내맡기게
되었다. 그리고 그렇게 함으로써 집에 돌아가서 가장의 역
할을 열심히 할 수 있으며 그동안 자신의 인생을 저당 잡
히면서까지 가족을 위해 일한 보답이라고도 생각했다.

얼마나 아름다운 유혹이던가. 눈에 보이는 세계와 보
이지 않는 세계에 대한 유혹은 감미롭다. 한 번도 가보지
않은 길을 가보고 싶은 호기심, 그는 호기심을 선택했다.
결국 그는 미지의 세계에 대한 강한 끌림, 보이지 않는
길, 강한 운명에 지고 말았다.

실수와 기회는 서로 맞닿아 있다. 무모함과 지혜, 이 두 가지 성질을 동시에 취하기란 동시에 두 문을 통과하는 기술보다도 더 어려움이 요구되는 기술인지도 모른다. 그럼에도 무모하도록 어리석은 생각은 자신만이 지혜로운 길을 갈 수 있다고 믿는다. 그는 젊음을 잃어버릴 것 같은 절박감에 다시 못 올 기회라고 여겼다.

정수는 겨우 빈농을 면한 시골에서 장남으로 태어나 사랑보다 책임을 부여받은 삶에 하루하루가 고단했고 어깨가 무거웠다. 겉은 평범하지만 속은 전사처럼 늘 뛰어야 할 것 같은 절박감이 있었다. 정수는 늘 가족의 기대에 찬 시선을 받으면서 자연히 가족에 대한 의무감이 생겼을지도 모른다.

그는 학교를 졸업하자마자 어머니 마음에 드는 여자와 결혼했다. 아들과 딸이 태어났고 결혼 생활은 무난했다. 이 집안의 기둥이라고 조부모님들은 손자를 자랑했고 아버지 또한 대견한 눈으로 아들을 바라보곤 했다. 어머니의 어깨가 올라간 것은 물론이다. 지나친 사랑과 기대란 때론 숨이 막히게 한다. 하지만 지방대학 농학과를 졸업하고 더 부흥한 농업국가로 성장시켜야 한다는 사명감에 불타오르기도 했다.

농업지도자로서 신임을 받으면서 자신의 재산을 늘렸다. 농작물의 탁월한 선택은 성공했고, 그 동리 사람들 모두 그를 따라 하기 시작했다. 마침 읍내 옆이어서 조건이 좋아 방앗간부터 정미소, 남동생에게는 술도가를 내주는 등 그 지방에서 소문난 유지로 제법 부농행세를 하게 됐다. 그러다가 조부모님이 돌아가시고 부모님까지 돌아가시자 실질적인 가장이 되어 집안을 통솔해야 했다. 그러는 동안 그는 정말 한눈팔지 않고 앞만 보고 열심히 살아왔다.

정수는 중년을 넘어서자 허무가 몰아쳤다. 이렇게 태어나서 무엇을 위해 열심히 뛰어야 할까. 인간으로 태어나 일만 하고 살아야 하나. 일은 점점 그의 손이 필요했고, 덩달아 마음도 마라톤처럼 뛰지 않으면 안 된다는 생각이 들자 자신의 삶에 진저리가 나기 시작한 것이다.

마음도 몸도 쉴 시간이 필요했고, 어디든 떠나고 싶기도 했다. 운명은 절박하지는 않았지만, 마음속에서 로망을 가지고 있던 차에 한 여자가 그의 허한 마음에 빈틈을 비집고 들어왔다.

읍내 별 다방에서 일하는 춘심이 눈에 들어왔는데, 이상하리만큼 그의 머릿속에서 그녀의 모습이 사라지지 않았다. 그 후 그녀가 있는 다방을 드나들게 되었다. 춘심이를 보지 않으면 하루를 마무리할 수가 없게 되었다. 다방 출입이 잦아지자 춘심을 고용한 주인이 알아보고, "정수 어른이 이런 델 다 오다니" 특별히 반겨주어서 편안했다. 춘심이 다소곳이 내미는 커피잔에 눈길이 가고, 그 고운 손을 만져 보고 싶다는 욕망이 생겼다.

남들도 다하는 연모의 감정을 가져본들 어떠하랴 하는 생각이 들었다. 그 작은 호기심이 마침내 나비의 작은 날갯짓이 태풍처럼 닥쳐올 운명을 선사할 것이라고는 생각하지 못했다.

정수는 한 번쯤 유혹에 자신을 내맡기고 싶었다. 그동안 가족을 위해 열심히 일했고 보람과 긍지도 있었다. 그의 귀에 달콤한 유혹의 소리가 날마다 들려왔다. 난 모든 걸 이루었으니 이젠 불꽃 같은 연애를 시작해 봐? 한 번뿐인 인생을 살면서 한 번쯤 다른 여자를 사랑한다고 뭐가 문제인데? 이 바보야! 남자라면 누구나 그런 열망을 가졌고 실행해 보는 것도 신이 준 특권이야.

춘심과 사랑을 시작하려고 마음먹은 것은 그가 그동안 이루어 놓은 성취에 대한 자신감도 한몫했다. 나이 차이 는 제법 났지만, 그녀가 기꺼이 받아 줄 것이라는 자신감 도 있었다. 사람들이 자신을 두고 호감이 가는 인상이라 고 했기 때문이다.

그런데 춘심을 안는 순간 그는 그녀에게 정복당할지도 모른다는 예감이 왔다. 도저히 그녀에게서 떠날 수 없는 운명이라고 할까. 정신이 번쩍 들었어도 그녀를 안고 싶 다는 그 강렬한 욕구를 자제하기는 어렵겠구나 하는 생각 이 들었다. 자신이 목숨을 끊어버리는 한이 있어도 안 될 것 같은 예감에 시달렸다.

사랑은 성교에 대한 강렬한 끌림에서 시작된다고 했던 가. 사회질서를 거스르는 사랑에도 신은 무조건 사랑을 허락한다. 안정적이지 않은 조건은 너희들이 해결해 나가 라고 툭 내던져 놓는다. 그래서 선택한 것이 춘심에게 거 처를 마련해 주기로 했다. 자신의 편리함도 있고.

자신이 지금 하나의 비밀을 가지고 그것을 혼자 스스로

삼켜야 한다는 것을 그는 알고 있었다. 어쩌면 지금 그는 갈림길에 서 있었다. 비밀이라는 달콤한 유혹은 가혹한 쓴맛의 반대말이다.

그때는 몰랐다.

비밀을 공유한다는 것은 질서, 나쁜 것에 종속되어 운명에 끌려 들어가고 대가를 치뤄야 한다는 것을. 막연하게 알고 있었지만 구체적으로 되돌아올 때의 고통과 상실감을 저울로 달 수 없다는 사실을.

감미롭던 유혹의 순간, 그 결과는 짧은 순간이었고, 온 가족에게 죄인처럼 살아야 했다. 남자로 산다는 것에 자부심은 온데간데없이 사라지고 찌질이 인생이라는 오명을 둘러쓰게 되었다. 인간이 정해 놓은 규칙이 한 개인을 얼마나 많은 것을 구속하고 요구하는지 몰랐다. 세상에는 비밀이 없다. 혼자만의 비밀을 유지하면서 두 세계를 경험하려던 생각은 악마의 유혹이었던 것이다.

많은 남성들이 '강한 남자'라는 자부심을 갖기를 원한다. 정수도 마찬가지다. 하지만 마음 한구석에는 강한 남자에 대한 두려움도 함께 가지고 있었다. 그러면서 남자는 강해야 된다는 기대에 부응하지 못하는 것에 힘들어하면서도 이를 입 밖에 내놓고 털어놓지 못한다. "남자도 울 수 있다"고 했지만 "남자는 스스로 문제를 해결할 수 있다"며 끝까지 버텨내려고 한다. 대부분 남성은 문제가 '자기 외부'에 있으며, 그 문제만 고치고 나면 삶이 제자리로 돌아올 거라고 생각한다.

정수는 춘심이 옆에 있으면 남자로서 힘을 보여주고 싶은 허세가 작용했다. 지금이 아니면 이 여자를, 남자다움을 실현할 기회를 잃을 것 같은 초조함이 들 때가 많았다.

정수는 이 여자라면 남자로서 자존심을 세울 수 있을 것이라고 생각했다. 강한 남자의 자부심이 얼마나 대단한 승리감인지 알고 있었다. 남자들은 대부분 자신이 가진 대형차, 넓은 집, 높은 지위를 강한 남자가 성취한 조건이라 생각한다.

시간이 지날수록 정수의 머릿속에서 그녀가 들어와 안착했다. 아무리 나가라고 해도 안 될 것 같았다. 아니다. 나가지 못하게 붙잡아 두고 있다. 지독한 사랑은 결코 오래갈 수 없다. 서로 피투성이 싸움이 되거나 둘 사이에 반드시 해방꾼이 생기게 마련이다. 정수의 즐거운 인생은 그래도 오래 간 셈이다.

그렇게 부탁하고 약속을 받았건만 춘심은 정수의 아이를 가졌다. 물론 책임은 술 취해서 저지른 정수가 져야 하지만 아이만큼은 맨정신인 춘심이 몫이었다. 대부분의 여자는 사랑하는 남자의 아이를 낳아 기르는 것이 로망이다. 남자의 분신을 갖고 싶은 마음이 진정한 사랑이라고 생각한다. 이왕 이렇게 된 일이 다행이라고 생각했다.

춘심은 사랑하는 정수 씨의 아이, 그 남자를 꼭 닮은 아이를 낳는 것이 소원이었다. 모든 사랑하는 연인들에게 한 번쯤 가져보는 희망 사항이다. 사랑의 증표, 남자의 아이를 여자가 받아서 기르는 꿈은 여자라면 누구나 갖는 꿈이다.

그때부터 두 사람만의 완전한 사랑을 꿈꾸던 정수에게 고민이 생기기 시작했다. 불륜의 증표가 그의 목줄을 잡게 된 것이다. 어떻게 할까? 한 가정의 가장으로서 그동안 쌓아온 평판과 신임을 풋사랑 때문에 다 엎어버릴 수는 없었다.

두 사람의 줄다리기가 시작된 것이다. 정수는 결심했다. 이것은 두 사람의 갈등이지만 자신과의 싸움이기도 하다. 미적거리면서 시간이 지나갔고 다시는 찾지 않으려던 결심이 무너졌다. 미움으로 마음을 무장해도 그곳으로 발길이 돌려졌다.

춘심은 정수에게 온갖 정성을 쏟았다. 다시는 찾아오지 않으면 어쩌나 걱정했다며 금의환향한 듯 반겼다. 가슴에 안겨서 파고드는 그 어린 여자를 어떻게 한순간에 버릴 수 있을지 고민만 늘어갔다. 선뜻 매정하게 배반할 자신도 없다.

시간은 점점 불길한 운명을 재촉한다. 사랑의 대가는 그 즐거움에 몇 배로 불행이 기다리고 있었다. 연화가 초등학교를 입학해야 하는데 정수는 자신의 호적에 올릴 수 없었다. 그는 잠을 이룰 수 없었다. 아내는 이런 사실을 알지 못한다. 그는 여러 가지 선택을 생각했다.

첫 번째 선택은 다른 집에 양녀로 보낸다. 말이 양녀지 어린 딸을 식모로 보내는 셈이다. 그건 무책임하다. 양부모가 다 살아있는데 자신들의 걸림돌을 치우고 갈등 없이 잘 살기 위해 딸을 버리는 것이 된다.

두 번째 선택은 낯선 곳에 버리는 것이다. 그러나 삶의 빛이었던 딸을 그렇게 할 수 없다. 어떤 인간도 사랑으로 두 사람이 즐거웠고 마음을 다한 관계에서 낳은 자식을 버릴 수 있겠는가. 그것은 혼자 마음속에 잠깐 있다가 부랴부랴 꺼낸 결론이었다. 그래서 타협점을 찾아 그곳에서 떨어진 시골로 들어가게 하고 연고도 없는 사람에게 부탁해서 초등학교에 입학시킨 것이다.

싸고 싸도 소문은 멀리 퍼지게 마련이다. 그 소문이 자신에게 귀에 들어올 때는 온 세상이 다 알다가 마지막에서야 자신에게 돌아온다고 했던가.

정수는 한때 열정에 굴복한 대가를 치르게 되었다. 누가 한 인간에게 강력한 욕구를 선사한 권리를 두고 벌을 내리는가? 고민했지만 그것은 인간들 스스로 목줄인 줄 알면서 스스로 채운 빗장이었다. 인간 사회의 질서를 위해서 절대로 담을 넘어서는 안 된다는 사회적 조건이 그에게는 추락을 예고하는 일이 되고 말았다.

이기적인 유전자

아름다움이란 상대에 따라 죄악이 되기도 한다. 춘심
이 미운 모습이었다면 세상은 아무도 건드리지 않고 밥
먹고 배설하는 동물처럼 그저 살아가게 했을지도 모른다.
이성에게 관심을 끄는 모습 때문에 받지 않아도 되는 질
투나 시기, 미움을 받으며 생활하게 된다. 그렇다면 아
름다움은 무기인 동시에 칼날이며 독소를 지닌 위험 요소
이다.

아름다움 자체가 최고의 가치인 탐미주의, 그것은 언
제나 그래 왔듯이 모든 윤리와 생을 뛰어넘는 곳에서 위
대할 수도 있지만 추악한 파탄으로 끝날 수도 있다. 그

녀는 펄펄 끓는 열도 속에서 생 아니면 차가운 죽음을 예언하게 되는 극단적인 생의 감각을 느낀다. 그것은 일상적인 치명적 결함이지만 그녀에게는 운명적 표식일 수도 있었다.

자신이 짓지도 않은 죄를 태어날 때부터 지는 원죄의 주인공이 연화다. 왜? 부당한 생명을 주었는가? 누가? 자신의 의지와 상관없이 태어난 자체로 원죄를 뒤집어쓴 셈이다.

연화의 부모는 살림을 차렸다. 두 사람은 이미 저지르고 난 후 사랑을 시작한 것이다. 엄마는 남자에 대한 정보도 모르고 허세에 밀려 사랑을 선택했다. 면사포를 씌워 준다는 말에 속아서. 그런데 나중에 알고 보니 유부남이었다. 남자는 이미 다른 여자와 결혼을 했고 자녀가 있었다.

남의 아내를 탐하지 말아라. 이 말은 남의 남편을 탐하지 말라는 말과도 상통한다. 엄마는 남의 남자를 탐한 것이 아니었다. 그저 배우자가 아직 정해지지 않은 줄 안 여자의 미숙한 판단이었다.

엄마는 가느다란 몸매에 흰 피부와 반듯한 콧날을 가진 미인이었다. 그렇게 아름다운 유전자를 물려받아 태어난 행운도 잠시 타고난 아름다움이 족쇄가 되어 이 세상에서 벌을, 저주를 받는 인생으로 전락한 것이다. 인간에겐 아름다움이 축복인 사람이 있고 저주가 되는 사람도 있다. 그녀로서는 짓지도 않은 죄를 받아야 했다.

엄마를 받아들일 세상은 없었고, 액운의 소용돌이 속을 휘말리다가 안착한 곳이 하필이면 독버섯 속이었다. 아버지라는 독버섯. 잠시 꿀벌이 물어다 준 먹잇감에 정신을 잃는 사이에 낭떠러지로 떨어진 것이다. 지나놓고 후회해 봐야 무슨 소용이 있단 말인가. 엄마가 불행을 겪어야 할 이유는 솔로몬도, 어떤 유능한 판사도, 신이 나타나도 명쾌한 답은 없을 것이다. 특별히 엄마의 자격을 갖추고 엄마가 된 사람은 없다. 어린 소녀가 자연의 법칙에 따라 성장해 아이를 낳고 엄마라는 거룩한 이름의 짐을 짊어지게 된다.

생명의 탄생은 처음부터 부담이 크다. 이 큰일을 기꺼이 하도록 남녀 간 강렬한 사랑으로써 생명을 탄생케 했다는 것이다.

생명은 양육과정에서도 탄생 못지않은 사랑을 필요로
한다. 탄생을 위해서일 때보다 더 큰 사랑으로써 어린 생
명을 보듬어 자라나게 해야 한다. 낳고 키우는 이 둘 가운
데 어느 한쪽만 부족해도 인류는 멸종될지 모른다.

인간은 자신을 끝없이 복사시키는 존재라고 한다. 복
사 과정에서 DNA는 어미라는 이름의 책임을 프로그램에
넣어서 복사한다. 인간이 인간으로부터 살아남게 하려는
계략을 숨겨 놓은 것이다.

지금껏 알고 있던 진화론의 새로운 패러다임! 진화의
법칙, 인간은 유전자를 운반하는 생존의 도구다. 우리가
이타적, 사랑의 증거라고 생각하는 것처럼 보이는 것은
그 자체로 이기적인 유전자의 속성일 뿐이다. 그러면서
자신의 유전자를 복사하고 싶은 본성이라고 말한다.

그렇다면 불행을 타고 난 그것도 정당하지 못한 방법으
로 시작한 사랑의 열매가 자기 복제일 가능성이 많다. 엄
마와 딸의 운명이 비슷한 것은 비슷한 남자를 만나게 되
는 인연과 그로 인한 운명일지도 모른다. 어쩌면 불행을

자초할 남자를 사랑하게 되는 안목부터도 같을 수 있다. 각자의 유전자를 지닌 존재들이 창조한 인간도 궁극적으로 자기 복제다. 그들이 존재하는 이유와 후손인 자식들이 그 유전자로 복제된 인간이 같은 처지로 번식한다.

부모라는 개체가 만들어 낸 창조물인 자식이 부모와 닮은 복제품이라고 말하는 것도 같은 맥락이다. 그들 안에도 내 안에도 그들은 있다. 그래서 인류 역사는 지속되나 보다. 옛날에도 "요즘 아이들은 버릇이 없다"고 혀를 찼고, 수천 년이 지난 오늘날에도 "라떼"라는 말이 유행이다. 꼰대들을 의미하는 말이다. '나 때'는 그렇지 않았는데. 뭐가? 요즘 아이들은 버릇이 없다고, 이다음에 뭐가 될지 걱정이라고 인간이 존재하는 한 같은 말은 반복될 것이다.

연화는 하늘을 쳐다보았다. 하늘은 건드리기만 해도 유리창 깨지는 쩡하는 소리를 내도록 맑았다. 때로는 캄캄한 밤이어서 움직일 수 없어도 상관없었다. 계절과 하루가 어떻게 변하든 관심도 없었다. 더러는 자연을 노래하고 아름다운 계절에 변화에 감탄하며 시를 짓는 친구들도 있었다. 그런 것들이 무엇이란 말인가.

연화는 자신에 대해 생각했다. 자신이 왜 다른 아이들과 틀리는지 그것이 궁금했다. 사람들이 말하는 첩의 딸, 그것이 나와 연관이 되어 있다는 의미인데, 그것이 정확히 어떤 의미인지 알 수 없었다. 다 같은 엄마가 있고 가끔씩 만나기는 해도 아버지도 있다.

한때 사랑이라는 말로 서로를 유혹하고 두 사람이 몸이 시키는 대로 사랑을 했다. 그런데 왜 신은 뜨거운 몸을 주어 불륜의 대가를 치르게 하고, 본능을 주고 이제와 벌을 내리는 심보는 무엇인가. 그들이 벌을 받든 말든 그들이 한 행동에 책임을 지라고 해야 하고 그것은 그들 몫이다.

그럼 나는, 나는, 왜 벌을 받아야 하는 거지? 짓지도 않은 죄를 원죄라는 말로 얼버무려도 되는가? 내 존재 자체도 모를 때부터 세상은 불리한 조건을 내게 선사했다. 그것은 불공평하다. 생명이라는 선물을 받는 순간 고통부터 찾아왔다. 선물치곤 대단한 선물이었다.

사람에게 격이 있다면 누구에게서 태어났느냐 하는 것이 문제였다. 그에 따라 신분과 운명이 결정되는 거였다. 그런 면에서 보면 나는 쓸모없는 존재였다. 잡초 같은 신세였다. 세상에 태어난 것만으로도 불쌍하고 유감스러운 일이었다. 아버지와 엄마 그들에게 내가 없었다면 편안한 삶이었을 것이다. 거듭 말하지만, 아버지에게 우리 모녀가 사라진다면 삶이 고달프지 않고 순조로웠을 것이다. 악의 씨앗, 나는 잡초처럼 뽑아버릴 수만 있다면, 그렇게 된다면 다행인 존재였다.

이제부터 나는 어떻게 되는 거지? 꿈속에서라도 행복을 추구하고 싶다. 꿈은 상상하는 것이며, 없는 것을 희구하는 심층적인 욕구의 하나다. 언젠가 그들을 내 발밑에 엎드리게 하고 그 위를 날아다니는 꿈, 꿈이 억눌리고 분노한 자신의 마음에 위안을 찾아보았다. 그렇다고 달라지는 것은 없다. 마음속 깊이 숨어들었고 기억은 잊지 않고 해마 뒤쪽에 웅크리고 있다가 언젠가 튀어나올 테지.

곤충 같은 미물도 자신의 보호능력이 있는데 연화는 무방비였다. 연화는 스스로 다짐했다. 훗날 복수를 한다면, 그럴 능력이 있다면 제일 먼저 꼽을 사람은 아버지와 엄마 그리고 큰엄마와 병석 오빠다. 내 인생의 목표는 그들을 고발하는 일이고, 그것은 또한 내가 앞으로 목숨을 이어갈 사명감이었다.

괴로움에 대치된 생각으로 행복을 찾는다. 그녀는 쉴 새 없이 자신의 꿈으로 되돌아가고, 먼 훗날 자신이 우뚝 설 날을 기다렸다. 신데렐라의 꿈을, 자신이 내 인생을 전설로 만들 것이다. 결심했고, 그렇게라도 생각하지 않으면 살아갈 수 없었기 때문이다.

연화는 곤충도감을 읽었다.

'재주나방 애벌레' 봄날의 '화려한 비상을 위해… 애벌레들의 치열한 생존기. 위장술의 달인, 재주나방 애벌레는 경계색인 붉은색 몸통에 삐죽삐죽 솟은 검은색 털로 공포심을 유발해 1차 보호를 한다. 그래도 공격하면 좀 더 적극적인 방어시스템을 작동한다. 마치 기계 선수처럼 몸을 뒤로 틀어 불룩하게 만든 후, 몸 앞부분도 들어 올려 뱀 같은 자세를 취한다. 재주나방 애벌레 가운데 2쌍은 다리가 기형적으로 자라 단순히 위협용이 아니라 실제로 앞발을 휘둘러 천적을 쫓아낸다. 검은 띠 재주나방 애벌레는 항문 쪽 다리 두 개가 꼬리처럼 변신했다. 자극을 받으면 방울뱀처럼 '따르르' 소리를 내 천적을 쫓는다.

일부 애벌레들은 뱀의 눈을 모방해 다른 천적의 기를

꺾는다. 포식자들은 보통 먹잇감 눈을 공격해 방향 감각을 마비시킨다. 나방 애벌레들은 뱀의 눈을 닮은 가짜 눈을 만들어 머리를 몸속으로 집어넣은 후 가짜 눈을 천적에게 보여서 뱀의 무서운 눈을 보고 화들짝 놀라 도망치게 만든다. 이 특별한 능력 탓에 애벌레와 초식동물들은 다른 동물로부터 생존의 위협을 받으면서도 살아간다. 특히 단백질이 풍부하고 부드러워 최고의 먹잇감이다. 애벌레들도 가만히 앉아서 당하지만은 않았다. 수천 년 동안 살기 위해서 다양한 경로를 거쳐 진화해왔다. 애벌레만의 생존 전략이 있다. 그녀도 애벌레처럼 살아남아야 한다.

엄마보다는 여자

가끔 집에 들르는 아버지라는 사람은 어린 연화를 무릎 위에 앉혀 놓고 머리를 쓰다듬곤 했다. 그럴 때 연화는 마냥 행복했다. 그래서 아버지가 오면 엄마가 말려도 그의 무릎에서 떨어지지 않으려고 했다.

"아빠 식사하시게 이리 와."

"그냥 둬요."

연화는 참새처럼 좋알댔다.

"아빠, 언제 또 올 거야?"

"아빠, 가지 말아. 이번 운동회에서 아빠 손잡고 달리기할 건데."

"애들에게 우리 아빠를 보여줘야 해."

"나도 아빠가 있다고 말해야 해. 애들이 안 믿어. 내가 아빠가 있다고 해도."

아버지가 오는 날이면 엄마는 들떠서 맛있는 음식을 장만하곤 했다. 부엌에서 고깃국 냄새가 나는 날이면 아빠가 오는 날임이 분명했다.

"엄마, 오늘 아빠 오는 날이야?"

엄마의 얼굴에 웃음기가 넘쳐흘렀다. 아빠를 바라보는 눈에는 애절함이 묻어나왔다. 그때 선물을 사 들고 올 아빠를 엄마만큼 나도 기다리게 되었다. 아빠라는 존재는 나에겐 구원 같은 것이었다. 엄마는 즐거워했고, 나도 무슨 선물일까 궁금했고, 아빠 선물에 대한 기대감으로 호기심과 즐거움이 함께 생의 기쁨을 누리던 시절이다. 희망이라는 말은 삶에 활력을 주고 나를 춤추게 한다. 행복한 시절이었다.

그때는 다른 세상, 보이지 않는 어딘가에 아버지를 공유하고 있는 다른 아이들이 있다는 사실을 알지 못했다. 주변의 부인들은 연화 모녀를 달가워하지 않았다. 연화 아버지는 집을 나가면 며칠씩 집에 들어오지 않았기 때문이다.

언제부터인가 아버지가 나타나면 엄마는 늘 싸움을 했다. 그 기다림으로 즐거웠던 시절, 그 희망이 차츰 줄어들 즈음 이젠 기다림을 멈춰야 할 것 같은 두려움으로 대체되면서 엄마와 나는 우울해졌다. 아버지의 등장만으로 집안 곳곳에 웃음이 이어지던 때가 있기나 한 것인가 하는 의문이 들었다.

아버지가 오지 않는 시간이 길어짐과 동시에 엄마는 우울증이 심해지고 그로 인한 불협화음으로 집안은 난장판이 되곤 했다. 차라리 아빠가 오지 않았으면 했다. 그녀 바람이 성과를 발휘한 듯 그 후 아버지를 볼 수 없었다. 우리를 버리고 본처에게 돌아간 것이다.

연화는 엄마와 둘이 사는 것에 불만은 없었다. 누군가 그리워하는 듯한 표정이 얼굴에 어리는 것을 보고 그때는 엄마가 행복했다는 것을 알았다. 아버지가 다녀간 후 엄마는 행복한 얼굴이었다. 그러나 떠나간 아버지는 돌아오지 않았다.

정작 아버지가 나타나지 않자 엄마는 히스테리가 늘어났고 늘 어두운 표정이었다. 엄마의 슬픔이 어렴풋이 짐작이 갔다. 아버지라는 사람은 불법을 저질러 놓고 책임질 능력이 없다고 달아난 비겁한 남자다.

부인에게 연화 엄마가 자신을 유혹했다고 말했고, 술김에 한 번 실수한 거라면서 잘못을 빌었을 것이다. 남자의 이기적인 행동은 임기응변으로 모면하려고 했고, 어쩌면 그냥 넘어가기를 바랬나보다. 남자는 언제나 죽을 것처럼 쫓아와 놓고 시간이 지나면 자신을 위해 도망가는 비겁자들이다. 이 세상에서 여자가 겪어야 할 일, 여자가 살아가게 될 피할 수 없는 운명이라고 엄마가 거듭 말했다.

"연화야, 명심해라." 하고 다짐했다.

누구도 명심한다고 되는 일은 아니었다. 곧 죽을 것처럼 급한, 목숨까지 버려도 좋다는 열정의 시간에서는 무엇이든 상관없이 잠시의 천국을 위해 헌신했다. 춘심은 자신의 남자는 영원하리란 생각했다. 그러고 보니 인간은 배신의 아이콘이다. 배신을 전제로 한 삶이었다. 그 과정을 지나온 수많은 연인, 그들의 역사가 증명한다고 생각했다.

어둠이 내리면 허탕인 기다림을 마감하고 돌아서는 엄마 눈가에 물기가 보였다. 사랑의 계절이 지나고 원망과 분노의 시간을 지나 이해와 체념의 시간을 보내야 했다. 훗날 연화는 같은 여자로서 엄마의 심정이 어떠했을까 헤아려 보았다. 가타부타 말없이 무작정 기다리게 놔두는 나쁜 남자가 아버지다. 떠나더라도 사랑의 마침표를 찍어주었다면 단념할 일이다. 무책임하게 희망이라는 불씨를 남겨놓고 그냥 버려둔 죄. 그녀의 분노는 아주 잠깐 짧은 시간이라도 자신의 입장을 설명해 주고 얼굴만 보여주면 될 일을 무책임하게 소식도 전하지 않는 남자다.

사랑의 끝은 결국 기다리는 사람이 패자다. 이해는 아마도 큰집 여자가 감시하고 있어 시간을 못 낼지도 모른다. 또는 정말로 바쁜 일, 불가피한 일로 소식을 전하지 못하는 그의 심정은 오죽할까. 절대로 연화 아버지 '박정수'는 그럴 사람이 아니라는 믿음이 무너질지도 모른다는 절망감이다.

'연화 아빠 박정수는 나, 김춘심을 사랑했다.' 습관적으로 떠올린 멜랑꼴리였다. 이젠 체념해야 할 시간이다. '사라질 수 없는 슬픔'이었다.

지금은 자신의 출세를 위해 어쩔 수 없는 상황일 것이다. 엄마는 아버지를 기다리는 동안 날마다 처음은 분노를, 시간이 지나면서 불가피했을 것이라 이해했다. 시간이 지나면서도 다시 찾아올지도 모른다는 희망과 분노 사이를 넘나들었다.

"이사를 해야 해."

스스로 살길을 찾아야 했다.

연화는 다방에 나가는 엄마의 한숨 소리를 듣고 잠이 들었다. 술 취해 늦게 들어오는 엄마를 기다리지 못하고 잠이 든다. 엄마가 돌아오면 밤새 술주정, 팔자 한탄을 들어야 했다. 서른을 갓 넘은 여자가 혼자 살려면 재산이 있어야 하는데 빈털터리로 쫓겨났으니 기댈 곳이 없었다.

춘심은 정수에 대한 배신으로 혐오감으로 몸을 떨었다. 그렇다고 마냥 적개심만 가지고 있다고 해서 해결될 문제가 아니었다. 면사무소에 찾아가서 미혼모에 대한 정부 지원을 알아보았다.

상담창구에 젊은 남자의 친절에 고마움을 느끼면서 차츰 욕망이 싹을 틔우고 부풀어 오른 것이다. 이사 갈 집에 대해 의논하면서 생각했다. 그러는 중에 상담창구 젊은 남자에게서 위로를 받는다.

하지만 자신 앞에 나타난 젊은 남자를 보자 예상치 못한 욕망을 발견하고 당황했다. 그렇게 모욕을 당하고도 남자에 대한 욕망이 숨어 있다니! 더러운 욕망은 지치지도 않는다. 다시는 사랑하지 않겠다고 생각한 춘심이 무감각하려고 노력하는 것은 악을 피하려는 그녀의 결심이고 다짐이었다. 그럼에도 몸은 어느새 다시 살아나고 상처에 새살이 돋아 사랑을 갈망하고 있었다.

정말 예상치도 못한 사태였다. 당황스러웠다. 그 남자를 피하겠다는 마음을 다짐할수록 마음은 반대로 동요되고 있었다. 남자를 피하겠다는 욕망도 새롭게 꿈틀대는 욕망이 강렬하게 작용하리라는 두려움이었다.

그녀의 욕망이 내면에서 격렬하게 충돌하는 것을 느끼며 당황한다. 그러면서 자신이 고작 한 남자에게 쉽게 빠지는 이런 여자였나 후회하지만 이미 그런 생각을 하고 있는 지금도 자신의 몸에 들어 있는 열정에 질 것은 뻔한 일이다.

배신에 대한 자기 합리화는 복수다. 정수는 살길을 찾아 떠났는데 자신만 희생할 필요가 없다는 생각으로 정수에 대한 그리움을 덮었다.

연화는 엄마가 걱정됐다. 그러던 중에 짜증만 내던 엄마가 웃기 시작했다. 웃음소리가 청량하게 한 옥타브 올라갔다. 연화는 안도의 한숨을 쉬었다. 엄마가 새로운 아저씨를 만나고부터 평상으로 돌아간 것이다.

아저씨는 엄마가 나가는 다방 단골손님인데 면사무소에서 사무를 보는 면서기였다. 엄마는 뜨내기가 아닌 동창생이라 편하다고 좋아했다. 초등학교 동창이라고 했지만 그건 같은 학교를 나왔다는 말이고 한참 후배였다.

엄마가 새로 만난 젊은 아저씨가 푸르른 소나무였다면, 아버진 솔방울만 주렁주렁 매단 채 서 있는 노송인 셈이다.

예전엔 사랑했던 처지이지만 지금은 엄마를 버리고 떠나간 아버지, 아버지는 자신의 주제도 모르고 예쁜 한 여자의 삶을 망쳐놓고 달아난 남자가 아닌가. 그러니 당연히 아버지가 떠나지 않았어도 엄마의 마음이 흔들릴 처지였다. 하물며 젊은 아저씨의 웃는 입에서 싱그런 오이 냄새가 날 것 같았다.

엄마는 오늘 한가하니 시내 나가서 내게 옷을 사 주겠다고 했다. 아저씨는 출장을 가서 내일 오겠다고 한 모양이었다. 막 차림새를 갖추고 나서고 있었다. 엄마는 아직 정착하지 못했고, 집에 전화가 없어서 엄마에게 오는 전화는 안집에서 연결해 주었다.

"연화 엄마. 전화 받아요."

"누구래요?"

"정 서기라고 하는데."

엄마는 허겁지겁 뛰어나갔다. 전화를 받으려고 안채 마루에 내놓은 전화기를 들고 있는 엄마의 모습이 밝게 변했다.

"일은 잘 끝났어요? 지금 어디에요?"

엄마의 뺨엔 홍조가 번졌다.

지금 바쁘냐는 아저씨의 말에 엄마는 허둥거리며 지금 아니면 아저씨를 잃어버리기라도 할까 봐 허둥거리며 연화를 돌아보면서 고개를 끄떡거린다. 엄마의 행동을 보면서 엄마는 아저씨를 따라갈 것이란 생각이 들었다. 역시 엄마는 약속이 있는 것을 깜빡했다고 연화를 바라보았다. 연화로서는 달리 방법이 없었다. 내가 양보할 수밖에 없다.

아버지라는 사람은 중년을 넘어선 아저씨다. 언제나 깊은 한숨을 쉬기만 하고 마음을 표현하지도 못하는 아버지. 그를 정의하자면 남의 것을 빌려 썼다가 돌려주어야 할 헌 가구 같은 존재, 아까울 것 없는….

반면에 엄마가 좋아하는 '정 서기'라는 아저씨는 젊은 학생 같다. 그동안 엄마가 아버지에게 금전적으로 기대어 살았다면, 아저씨는 엄마의 젊은 날을 보상하기라도 하는 듯 청춘을 누릴 수 있는 고향 후배였다.

연화도 그 아저씨가 좋았다. 늘 웃으며 바라보는 눈길도 하얀 이가 드러난 웃음도 마치 나를 보고 웃는 것 같다는 착각도 들었다. 무엇보다도 엄마가 행복해 보여서 좋았다. 엄마의 눈빛은 사랑스럽게 변했고, 웃음이 많아졌고, 매사 다정해졌다. 엄마가 웃을 때마다 나도 행복했다. 그러나 행복한 시간은 너무도 짧았다. 마치 행복이라는 말은 길게 갈 수 없는 순간의 시간 같았다.

어른들의 선택

대부분 어머니가 '젖'을 줄 수 있으나 '꿀'까지 줄 수 있는 어머니는 적다. 자식에게 꿀을 줄 수 있는 어머니가 되려면 좋은 어머니가 될 수 있는 조건이 필요하다. 그리고 행복한 사람이어야 한다. 불행하게도 어머니는 불행한 엄마였다.

엄마는 딸을 다른 집에 보내는 일이 여의치 않은 모양이다. 엄마는 그래도 딸을 위해 학교는 보내야 했다. 잠시 고생은 되겠지만 딸의 일생을 망칠 수 없다는 생각이다. 동리 사람들은 수양딸로 보내는 것이 어떠냐고 말하기도 한 모양이다. 그러나 엄마는 수양딸이라고 데려다가 평생 종으로 부려 먹는 것을 봐서 알고 있있다. 이렇게 사람을 믿을 수 있을까.

외국으로 입양을 보내는 것도 생각해 보았으나 아기인 경우는 가능하나 너무 커버려서 어렵다고 했다.

그 말을 듣는 순간 연화는 상상해 봤다. 죽지 않고 사는 길은 어딜까? 아무도 모르는 곳, 그곳에 가면 도망칠 수도 없을 것 같았다. 세계 어디를 가야 내 목숨 하나 부지할 수 있을까? 말로만 듣던 외국이라는 곳은 가보지 않은 장소, 연화에게는 우주 공간이나 마찬가지였다. 여기저기 부유하다가 추락하는 곳이 그녀가 있어야 할 곳이라면 나는 우주의 미아다. 마침 다른 우주 세계가 존재한다면 그곳에서 우주를 내려다보면서 인간들을 심판하고 싶었다.

우선 자신이 만들어 낸 책임을 져야 하는 인간만 그냥 두고 자신이 저지른 일에 책임질 줄 모르는 인간을 단죄할 방법은 없을까?

잘못하는 인간부터 죽이고 선한 사람만 남기는 정의의 사도가 될 것이라는 상상을 해본다. 그러나 우주의 끝은 존재하지 않을뿐더러 아무도 증명해내지 못한 세계다.

그곳에 홀로 살아있다고 해도 아무도 모른다면 그건 무슨 소용인가. 죽음과 다르지 않다.

연화가 초등학교 6학년 겨울방학 때였다. 한밤중 요의를 느껴 잠이 깼을 때 엄마의 한숨 소리가 들렸다. 이제 초등학교를 졸업하니 중학교는 아버지를 찾아 보내는 것이 좋겠다고 생각했나 보다. 연화는 신경을 곤두세우고 이불을 덮어썼다. 엄마와 젊은 아저씨가 두런거리는 소리가 들려왔다.

"저것을 지 애비에게 보내야 하는데 구박을 받으면 어쩌지?"

"춘심이, 걱정하지 말아요. 자기 새낀데 별일이야 있겠어? 당신 말대로 지금은 헤어진 상태라지만 한때 진정으로 사랑했다면 거둘 거야."

아저씨는 엄마에게 나를 아버지 집으로 보내라고 압력을 넣는 모양이다.

"정말 그럴까?"

며칠 후, 엄마는 내게 아저씨가 다른 곳으로 전근가게 되었다고 말했다. 그러면서 엄마는 슬픈 눈으로 나를 바라보았다. 나는 절망감을 느꼈다. 어떤 불길한 느낌이 스멀스멀 나를 향해 다가왔다.

친아버지 집으로 가야 할 것 같아서다. 그렇게 되면 곧 버려질지도 모른다는 불안감이 엄습했다. 엄마로부터 떨어져야 할 때가 찾아온 것이다.

연화는 공포와 두려움으로 가슴이 터질 것 같았다. 아버지는 나를 버리지는 않겠지? 장화홍련전, 콩쥐 팥쥐처럼 아버지라는 존재가 자취를 감추면 어쩌나? 아버진 자신이 저지른 죄의 증거물인 나를 큰엄마에 던져놓고 구박을 받게 내버려 두진 않겠지?

동화책에서 본 큰엄마라는 개념이 나쁜 이미지로 머리에 박혀 있다. 질투와 시기로 모질게 미워한다는 통상적인 생각이 나를 두렵게 한다. 나는 엄마와 함께 살고 싶지만 엄마를 위해서라면 아버지 집으로 가야 한다. 엄마가 매를 맞고 있던 장면이 클로즈업된다. 엄마를 이해하려고 노력하면 할수록 공포가 밀려온다.

공포, 두려움이란 치과 병원 의자에 앉아 있을 때 같다는 말이 있다. 공포에 떨고 앉아 있다가 어느새 지나고 나면 참을 수 있는 고통이었을 뿐 생각보다 공포는 빨리 잊혀진다는 말인가 보다. 어디에서 누가 그런 말을 했는지 기억이 나지 않는다. 그러나 인생을 그깟 치과 병원 치료 전에 느끼는 두려움에 비하다니! 지금 내가 느끼는 공포는 사느냐 죽느냐하는 단두대에 서 있는 기분이다.

미래에 일어날 고통을 미리 알 수 있다면 고통을 줄일 수 있다. 그러나 불확실한 미래, 거기에 엄청난 시련이 있을 것이라고 겁을 먹고 있는 상태는 최악이다. 아무도 내가 미래에 아버지 집으로 가야 한다는 사실로 고통을 받고 있는지 모른다. 당사자를 제쳐두고 어른들의 편리함에 따라 어린이의 운명을 마음대로 결정한다. 얼마나 많은 고통이 기다리고 있을까?

엄마와 아저씨는 다른 곳으로 곧 이사 가야 한다고 했다. 그들은 나를 데려갈 수 없다고 한다. 아저씨 고향으로 가게 되면 총각인 아저씨가 아이 딸린 과부와 함께 나타난다면 줄초상을 칠 것이라고도 했다. 두 사람의 결혼이 성사되려면 장애물인 나를 처치해야 한다.

그래서 선택한 것이 나를 아버지 집으로 보내는 것이었

다. 어른들 생각대로 나는 새로 이시할 집에 어울리지 않는다고 다른 곳에 맡기는 쓸모없는 이삿짐 처지였다. 어린 나는 어른들의 결정에 따라 움직여야 한다. 아버지 집에 떠나기 전날 목욕을 했고, 엄마는 새 옷으로 갈아 입혀 주었다.

무엇보다도 엄마가 더 이상 아버지 집 여자들에게 매를 맞는 일은 없어야 한다. 어린 마음에도 순교자 심정으로 자신이 엄마 대신 고통을 감수해야 한다는 생각에 두렵지만 결정할 수밖에 없었다. 한편 희망적인 생각은 평소에 보여주었던 아버지의 따뜻한 시선이었다.

제2부

작은 희망

아버지의 집에 가다

　엄마와 함께 시외버스를 타고 한 시간을 달려 내린 곳은 읍내 장터였다. 아버지가 사는 곳이다. 아버지 집은 정류장 옆에 있었다. 엄마는 왔던 길을 되돌아가려면 시간이 촉박했다. 다음 버스를 타고 돌아가야 한다면서 어서 가라고 손짓을 했다. 엄마는 슬픈 얼굴로 나를 보고 있었다.

　연화는 지금이라도 엄마가 나를 집으로 데려가 주었으면 하고 바랬다. 슬프면 같이 살면 될 텐데. 왜 굳이 슬픈 척하면서 나를 두고 가려는 것인지 이해하기 어려웠다. 엄마는 정류장 옆 찐빵가게 앞에서 나를 쳐다본다. 나는 고개를 저었다. 먹고 싶은 생각이 사라졌다. 빵집 옆 커다란 감나무가 보이는 기와집을 가리켰다. 아버지 집이라고 했다.

아버지 집은 찾기 쉬웠다. 그다지 넓지 않은 길에는 오가는 사람들이 별로 없었다. 이따금 종종걸음으로 스쳐 지나가는 사람은 있었으나 어느 누구도 모녀에게 관심을 갖는 사람은 없었다.

춘심은 이곳까지 딸 연화를 데리고 왔으나 마음이 괴로워서 돌아서길 몇 번이나 결심했는지 모른다. 그렇다고 없던 일로 하고 딸과 같이 살 수는 없는 일이다. 이미 시댁 식구에게 아이 이야기는 하지 않았기 때문이다. 아니, 딸이 있다고 말할 수가 없었다. 연화가 내 인생의 걸림돌이지만 그렇다고 어린 생명을 아버지라는 사람에게 떠맡긴다는 것 또한 죽을 것처럼 괴로웠다. 하지만 이미 선택의 여지는 없었다.

춘심은 억하심정이 생겼다. 그녀는 연화를 쳐다보았다. 왜 에미만 이 원죄의 고통을 짊어져야 할까? 아버지라는 사람도 자식을 거둘 의무가 있을 것 아닌가? 남편에 대한 원망과 자신의 살길을 찾아 고민하던 끝에 결정이어서 우선 보내놓고 나중에 시댁에는 차츰 이야기해서 데려가려고 생각했다.

"조금만 참고 있어. 엄마가 데리러 올게."

"꼭 와야 해."

고개를 끄덕이며 머리를 쓰다듬고 잠시 있으면 데리러 오겠다고 말했던 것이다. '연화는 이젠 중학교도 가야 한다. 이만큼 컸으니 스스로 살길을 찾거나 애비가 알아서 돌봐주겠지.' 하고 믿었다.

연화는 막연한 두려움, 어떻게 살아야 할까, 걱정으로 몸이 떨렸다. '언젠가 어려움을 겪고 나서 그 시련을 어떻게 견뎠는지 되돌아볼 때가 있겠지.' 억지로라도 그런 생각해 보았지만 소용없었다. 미래에 다가올 고통이 얼마만큼인지 모르기 때문에 더 두려웠다. 아무리 엄마의 처지를 이해하려고 결심한 것이지만 자신이 가야 할 길이라는 숙명 같은 길임을 자각했다.

아버지 집이라고 해도 들어갈 용기가 나지 않았다. 고개를 내밀어 커다란 기와집을 살펴보았다. 대문으로 트럭이 드나드는 문은 적들의 소굴처럼 느껴지고 앞으로 어떤 삶이 나를 기다리고 있는지 오직 그 생각뿐이다. 엄마가 내 손을 쥐면서 당부했다.

"오빠 언니들에게 잘하라고."

연화는 엄마 얼굴을 쳐다보았다. 어떻게 하는 것이 잘 하는 것인지 알 수 없었다.

"무조건 인사를 해야 해. 웃는 얼굴에 침 못 뱉는다는 말이 있잖아."

엄마는 그렇게 말하며 돌아섰다.

어둠이 깔리기 시작했다. 연화는 낯모를 집으로 들어 서지 못하고 주춤거리며 대문 옆에 구부리고 앉아 있었 다. 날이 어두워지고 그 사이에 트럭이 두어 번 드나들었 다. 계속해서 불안감이 커져갔다. 금방 죽이기야 하겠어? 이를 악물었다. 아버지 집에 들어서지 못하고 서성이면서 엄마를 생각했다.

엄마는 내게 이렇게 말했다.

"네 아빠가 너를 예뻐하시니 너를 잘 키워 줄 거야."

엄마는 자기 생각대로 적어도 제 새끼이니 죽이지는 않 겠지 하고 생각했을지 모르지만 그 의미는 한 생명을 불 행하게 하는 말이었다. 죽이지 않고 놔두는 것이 어떤 것 인지 상상이나 해 보았을까? 죽이지 않는 삶이 어떤 것인 지 알기나 할까?

가전제품이라면 쓰다가 고장이 나면 그만 버리면 된다. 인간은 가전제품이 아니다. 고장 나서 죽을 때까지 겪어야 하는 고통을 어떻게 하던 스스로 감당하거나 죽어야 한다. 자살하려고 해도 조력자가 있어야 가능하다. 혼자서는 어 려운 일을 자신이 낳은 아이에게 책임을 맡기다니…. 엄마 가 데리러 온다고 했지만 언제가 될지 믿을 수가 없었다. 언제라고 날짜를 말하거나 하지 않고 '그저 기다리고 있으 면' 조금 이따가 막연한 말이 불안했다.

연화는 억울했다. 네 생명은 네가 지키든지 아니면 사 라지든지 마음대로 하라고 하고 떠난 셈이다. 왜 하필 저 런 엄마의 딸로 태어나서 이렇게 천대를 받아야 할까. 생 각이 있고 몸을 건드리면 감각이 있어 아프기도 하고 모 든 생각과 감각을 가진 생명체인데.

나를 태어나게 한 사람들이 결자해지해야지. 아무것도

모르는 나에게 책임을 지라고? 집단자살을 하는 가족은 훌륭하다. 자식을 데리고 죽는 엄마를 존경한다. 엄마랑 같이 죽자 또는 구걸을 하더라도 같이 살자고 해야 한다. 왜 책임도 못 지고 버리는 것인가. 비겁하고 이 세상에서 가장 나쁜 인간들이다. 자유의지도 좀 더 커서 좀 더 자란 후라야 생기는 것이다.

특별히 엄마의 자격을 갖추고 엄마가 된 사람은 없다. 어린소녀가 자연의 법칙에 따라 아이를 낳고 엄마라는 거룩한 이름의 짐을 짊어지게 된다.(『이기적인 유전자』를 쓴 저자인 리쳐드 도킨스) 인간은 자신을 끝없이 복사시키는 존재라고 한다.

복사 과정에서 DNA는 어미라는 이름의 책임을 프로그램에 넣어서 복사한다. 인간이 인간으로부터 살아남게 하려는 계략을 숨겨 놓은 것이다. 혹 운명도?

인간은 이기적이다. 자비심의 대명사처럼 생각하는 어미라는 존재도 자신의 안위와 행복을 위해서 남자를 따라 얼마든지 자식을 버릴 수 있는 비열한 인간이다. 자식의 걱정보다 자신의 행복과 자신의 쾌락에 갈급한 암놈이라는 동물, 젊은 아저씨를 보며 좋아서 웃는 엄마 얼굴이 떠올랐다. 단순한 생계 때문만은 아닐지도 모른다. 그 젊은 아저씨가 좋아서 딸을 불구덩이에 던지고라도 그 남자를 선택한 엄마는 인간의 본능이 모성보다 강하다는 말을 입증한 결과가 아닌가.

설마하니 제 자식인데 거두어 주겠지? 그건 엄마가 믿고 싶은 대로 생각한 것에 불과하다. 인간은 불리할 때는 자신이 원하는 믿고 싶은 대로 믿어버리면서 마음의 부담을 줄이려고 한다.

엄마는 내가 다 컸다고 생각했을 것이다. 13살 여자아이가 살기엔 세상은 무섭다. 자신의 손으로 밥도 먹을 수 있고 의사표시도 할 수 있으니 생물학적으로 다 컸다고 생각할 수 있다. 그러나 혼자서는 살 수 없는 애매한 나이였다. 사회는 연화에게 아무 혜택도 주지 못했다. 살 수 있는 여건도. 무조건 적에게 굽히며 사는 방법을 선택할 수밖에 없었다. 그것은 살아남기 위해서 저절로 터득하게 된 일이었다.

고등학생인 듯한 남자가 뜰 앞에 혼자 앉아 있는 연화를 신기한 듯 이리저리 살펴보았다.

문 앞에는 작은 여자아이가 서 있었다. 가느다란 팔다리가 애처로워 보였다. 학생은 깜짝 놀라면서 안으로 뛰어들어 소리를 질렀다.

"엄마 그 앤가 봐!"

아버지 집도 연화 때문에 불화가 있었나 보다. 금방 알아채고 제 엄마에게 알렸다. 지금 눈앞에 있는 여자애가 아버지와 어머니 싸움의 근원이라는 것을 알아챘나 보다. 잠시 후, 아버지와 어떤 중년 여자가 나왔다. 아버지는 딸을 보더니 깜짝 놀랐다.

연화는 자신도 모르게 적이 나타나면 몸을 움츠리는 애벌레처럼 목을 움츠리고 어깨를 말아서 조그맣게 만들고 있었다. 그 사납던 여자가 뒷짐을 지고 서서 엄마에게 폭언을 퍼붓던 여자였다. 함께 집으로 쳐들어왔던 같이 온 여자들은 동생들인지 엄마를 사정없이 때렸다. 엄마 머리채를 잡고 이리저리 끌고 다녔다. 그러던 여자가 큰엄마라고 한다.

연화는 아버지 옆에 있는 여자가 큰엄마라는 걸 알았다. 어떤 여자들과 함께 엄마에게 와서 머리채를 잡고 휘

둘러 팽개친 적이 있는 그 얼굴이었다. 그 모습을 보는 순간 애벌레처럼 몸이 저절로 돌돌 말리고 있었다.

눈으로 직접 확인하고 보니 덜컥 겁이 났다. 앞으로 이 집에서 살아야 한다. 어떤 일이 자신에게 벌어질지 모른다. 엄마처럼 얻어맞으면 어쩌나 눈앞이 깜깜하게 장막이 처진 느낌이다. 하늘이 무너져 내린다. 나는 어떻게 살아야 할까?

"안녕하세요."

연화는 얼결에 인사를 했다.

너무 무서워도 인사를 하게 된다. 펑퍼짐한 몸피에 평소엔 순해 보일 것 같이 평범해 보였다. 그런데 나를 바라보더니 고개를 돌리고 얼굴을 찡그리더니 아버지에게 눈을 흘기는 것이 보였다. 아버지와 나에 대해 원한이 있어서인지 눈에 살기가 등등했다.

큰엄마는 입술을 비틀며 웃더니 "그 애"라고 턱짓을 했다. 큰엄마라는 사람은 둥근 얼굴로 살집이 있어 보기에는 후덕해 보이기까지 했다. 처진 눈꺼풀에 가려진 눈매만 빼면.

큰엄마 입장에서 보면 나는 남편이 밖에서 낳아온 내언
녀, 아니 첩의 아이다. 돌부처도 돌아눕는다는 남편을 빼
앗아간 '시앗'이 낳은 아이는 '악의 씨앗'이었다. 큰엄마는
아버지를 향해 입술을 일그러뜨리고는 비아냥거렸다.

"그렇게 아니라고 발뺌하더니 이제 확실한 증거물을
보냈네요."

아버지는 어린 딸을 흘깃 쳐다보고는 혀를 찼다.

"독한 년. 춘심이 년이 기어이 제 새끼를 보냈구나!"

아버지는 연화를 보더니 가슴이 턱 막히는지 한숨을 내
뿜었다. 연화를 보고 벌레 보듯 뒷걸음을 쳤다. 반겨주리
라는 생각은 안 했지만 분기가 탱천한 표정을 하고는 어
디론가 사라졌다.

작은딸인 듯한 여자애는 제 엄마처럼 연화를 째려보며
자기 방으로 들어갔다. 큰아들인 듯한 남학생은 연화를
보고는 의미심장한 웃음을 웃고 사라졌다. 이 집 식구들
의 반응으로 봐서 이곳에서 지내야 할 일이 만만치 않을
것 같다.

연화는 우두커니 혼자 마당에 서 있었다. 일하는 아주

머니인 듯한 여자의 안내로 문간방에 자리를 잡았다. 한참 후 나타난 아버지는 연화에게 중년여자를 큰엄마라고 불러야 한다고 말했다. 엄마가 가르쳐 준 대로 큰엄마에게 인사를 했지만 도끼눈을 뜨고 매섭게 노려보더니 발로 밀어버린다. 그 후 깨달은 것은 되도록 이집 식구들 눈에 띄지 않고 사는 길이다. 아무리 인사를 하고 웃으려고 해도 소용없었다.

본격적으로 큰엄마의 고문이 시작됐다. 고문의 방법은 다양했다. 고문은 집안일을 시키는 일도 한몫했다. 일하는 아주머니를 내보냈다. 연화가 식모가 된 것이다. 방학이 되면 더더욱 고된 일을 해야 했다. 겨울에 찬물로 설거지를 끝내고 덜덜 떨다가 안방으로 찾아들면 발길로 밀었다.

"암괭이 같은 년."

큰엄마는 내가 따뜻한 곳을 밝힌다고 가재 눈이 되곤 했다. 어제 아침도 그랬다. 연화가 눈앞에 나타나기만 하면 어느새 옆으로 가재 눈이 된다. 큰엄마 눈은 언제 찢어질지 그건 시간문제일 것 같았다. 하지만 시간이 지나면서 사팔뜨기가 될 것이라고 생각하니 덜 섭섭하다.

밥상에서 어쩌다 새우젓에 젓가락이 가면 큰엄마는 계집애가 비린 것을 좋아하면 남자를 밝히는 화냥년이 된다고 했다.

특별한 날, 생일이나 명절에도 연화는 고기반찬이나 다른 사람이 좋아하는 반찬에 눈도 돌리지 않는다. 어쩌다 젓가락이 한번 가져갔다가 얻어맞기만 할 것이다. 일하는 아주머니가 먹으라고 해도 김치와 밥만 먹고 일어선다.

일하는 아주머니도 믿을 수 없다. 큰엄마에게 일러바칠지 모르기 때문이다. 그리고 말썽이 될만한 일은 하지 않는 것이 상책이다. 그렇게 주의를 해도 억울하게 누명을 쓰고 매를 맞기도 한다.

가족들이 있을 때는 맞지 않아도 된다. 그러나 그때뿐이고 우연이라도 큰엄마와 단둘이 앉아 있게 되면 전에 잘못한 것을 들먹이면서 매질을 당한다.

"배라먹을 년!"

연화는 오늘 아침에도 매를 맞았다. 큰엄마가 묵직한 나무 빗자루로 복숭아뼈를 강타했다. 어디를 때리면 더 아플지 연구한 것 같았다. 아픈 발목을 잡고 쇳소리를 내며 방바닥을 몇 번이나 돌아야 했다. 짜릿짜릿한 통증이 말초 신경을 자극해서 생긴 통증이었다. 그 아픔은 말로 설명할 수가 없다. 아마도 큰엄마는 자신의 남편을 빼앗아 간 여자의 딸, 마치 연화가 그녀라도 되는 것처럼 가혹하게 분한 만큼 힘주어 때려도, 조금의 양심 가책도 없다.

큰엄마는 춘심이란 년이 내 남편과 교성을 지르며 기뻐했을 것을 생각하면 어떤 행위로 처벌해도 분이 풀리지 않는 듯했다. 한 남자와 두 여자. 큰엄마는 연화만 보면 남편과 춘심이년이 섹스를 하면서 킬킬대고 네가 이 세상에서 제일 좋다고 했을 생각이나 상상을 하면 연화를 죽여도 분이 풀리지 않을 것 같다고 했다. 하지만 죽이면 남편이 자기를 떠날지도 모르고 이제라도 남편의 비위를 맞추어야 했다. 주변이나 동리 사람들 눈치도 보지 않을 수 없다. 자신을 너그러운 사람으로 보이고 싶어 했다. 그래서 사람들이 특히 남편 정수가 보지 않을 때만 연화를 때리고 괴롭혔다.

당연히 엄마와 딸은 다른 개체다. 큰엄마는 같은 인간

으로 생각하고 벌을 내리는 것이다. 당연히 매를 맞으면 춘심이 아픈 것이 아니라 연화가 아픈 것이다. 그럼에도 에미의 죄를 뒤집어씌우고 만족해한다.

사랑을 빼앗긴 여자의 저주는 어떤 벌로도 상쇄되지 않는다. 아무도 역지사지(易地思之)를 생각하지 않는다. 만약에 자신의 딸이 어쩌다 유부남인 줄 모르고 사랑을 했다면 어떤 생각을 할까? 한 번쯤 운명에 대한 생각을 했을 법한데, 큰엄마는 절대로 자신의 아이들이 앞으로 어떤 삶을 살지 생각해 본 적도 없고 그저 마구 때려죽여도 죄가 남을 춘심에 대한 미움을 연화에게 향하는 것이다. 영원한 원죄를 씻어 낼 방법은 없다. 큰엄마 눈앞에 있는 한….

지독한 통증, 매도 미운 마음이 합해지면 더 아프다. 모질게 마음먹은 상태에서 가해지는 매는 말로 설명할 수 없다. 왈칵 눈물이 쏟아진다.

"저년은 울기부터 한다니까."

연화는 꿀꺽 눈물을 먹어버린다. 또 때릴 것 같아서다. 큰엄마는 자기가 하고 싶은 대로 미워하고 때리고 학대를 해놓고 연화가 울면 자신이 괴롭혔다고 주변에 알려지는 것을 싫어했다. 자신은 그런대로 좋은 착한 인간으로 보이기를 원하는 것 같았다. 그래서 연화는 아파도 울지 못한다. 이중으로 고통을 받아 본 적이 있어서다.

"네가 설 맞아서 우는구나!"

"눈물이 쏙 들어가게 맞아봐야 정신을 차리지."

너무 아파 울면 몇 배의 매질이 돌아온다. 복숭아뼈에서부터 생긴 통증이 다리를 거쳐 상반신으로 올라가 머리를 아무 생각을 할 수 없을 정도로 희미하게 만든다. 생각이 없어지고 통증만 남는다. 몇 바퀴를 맴을 돈 후에야 통증이 조금 누그러진다. 그럴 때마다 눈물이 나온다. 그렇다고 소리 나게 운다는 것은 상상도 할 수 없다.

울음소리는 보호자를 부를 때 나오는 자연의 법칙인데 연화는 거기에 해당되지 않는다.

인간이 어쩌면 이렇게 악독한가? 어린 여자아이를 그렇도록 괴롭히면서 가슴이 온전하다는 것은 다른 종족이거나 사이코패스 성향을 갖고 가학을 즐기는 사람이다. 그런데 이상한 것은 평범한 사람도 가학을 즐긴다. 복수라는 개념으로 대체되면 양심의 가책이 없어지는 걸까.

연화는 매를 맞으면서 아무리 아파도 아픔을 나타내서는 안 된다는 것을 터득했다. 큰엄마가 나를 괴롭힌다는 것이 아버지나 이웃에게 발각되어서는 더욱 자신의 처지만 더 어려워진다는 걸 알고 있다. 큰엄마를 착한 사람이라는 인식을 갖게 하는 일이 연화의 직무다. 그런대로 무던한 여자라고, 첩의 아이를 기르는 착한 여자라고.

군대에서도 선임병에게 구타를 당해도 말하지 못한다. 선임병은 그들만이 누리는 불문율이 있다. 군기라는 명목 하에 개인의 어려움은 존재하지 않는다. 어떻게 하든 참고 적응해야 한다. 오죽하면 '까라면 까라!'(밤송이를 좆으로 까라고 하면 까야 한다는 군대 속어)는 말이 있을까.

인간의 이중성 중 가장 어이없는 것 중 하나는 선함으로 포장하고 싶어 한다는 것이다. 아이러니다. 나쁘면 나쁜 대로 착하면 착한 대로 살면 될 것을 굳이 착하게 보이고 싶어 하는 것은 왜일까? 착한 것은 좋은 사람이라서? 나쁜 사람이 인위적으로 착한 사람으로 포장하면 착하게 보여진다고?

통증은 자신의 존재를 일깨운다. 너무 강렬해서 스스

로 자신을 파괴한다. 이불 밑에서 상처가 불타오르고 방 안은 신음으로 가득 차오른다. 다음 날 아침 감각이 뻣뻣해져 옷을 입으면 살갗에 닿는 모든 옷이 부대자루처럼 되어 피부를 찔러댄다.

"엄마, 왜 나를 낳았어."

그 아픔을 겪으면서 연화는 엄마에 대한 그리움은 없앤 지 오래다. 매를 견뎌내면서 원망이 앞섰다. 자신이 세상에 없었으면 이런 아픔을 겪지 않아도 된다. 육체라는 존재가 있어 증오의 대상이 되었고 죗값으로 모진 고통을 감수해야 한다.

웃음을 잃었다. 얼굴에 감정이 없다고들 말한다. 그림자처럼 그들에 눈에 띄지 않도록 스며들어야 한다. 저주스러운 몸뚱이를 감출 수 없어 전전긍긍한다.

그 후 연화는 큰엄마 목소리가 들리거나 옆을 스치기만 해도 또 맞을 것 같아 저절로 목이 움츠러들곤 했다. 그럴 때마다 큰엄마는 민망했는지 눈치를 준 적도 없는데 눈치를 본다고 더욱 미워했다. 우울한 얼굴을 하면 청승스럽다고 재수 없다고 또 때린다. 큰엄마의 재수 없음은 내 존재 자체에 달려 있다. 사람은 두 얼굴을 가지고 있는 것 같다. 겉으로 착하게 보이고 싶은 큰엄마는 속으로 미움을 감추고 있었다.

죗값? 내 의지와 상관없이 태어난 죄로 영원한 지옥에 살아야 한다면 그건 불공평하다. 짓지도 않은 죄로 벌을 받아야 하다니. 희망 없음에 절망했고 몸부림을 쳤다. 그러나 절망하면 할수록 몸부림치면 칠수록 그러면 그럴수록 더욱더 올가미가 조여졌다. 이 순간을 벗어나게 해 달라고 마음속으로 울부짖었다.

머리를 벽에 찧어도 해결되지 않았다. 밤이 되면 맞은 부위가 새삼 도드라진다. 어떻게 긴 밤을 견딜지 알지 못한 채 통증이 점점 커진다. 밤뿐 아니라 하루가 왜 그렇게 긴지 모른다. 고통의 시간들, 영원한 억겁의 시간처럼 아득하다. 언제 끝날지 모를 형벌의 시간들….

그럴 때마다 마음속에서 원한이 자라고 있다. 자신 안에 괴물이 자라 복수할 때가 올 것을 기다린다. 그런데 그때까지 살아있기나 할까. 인권의 사각지대에서 '학대받는 개'보다 못하다.

누렁이.

그 집에는 누렁이 한 마리를 기르고 있었는데, 그 누렁이가 연화와 친구가 되었다. 누렁이도 연화의 비극을 알았는지 손길에 따듯함을 느꼈는지 연화 옆에서 보호하려고 애쓴다. 그러면 그럴수록 큰딸인 연숙은 누렁이를 괴롭힌다. 연화 옆에 있는 누렁이를 발견하면 연화보라는 듯 누렁이를 때린다.

누렁이는 슬슬 눈치를 보고 연숙만 보면 움츠러든다. 또 때릴까 봐 질겁한다. 연화는 그런 누렁이가 불쌍하다. 공연히 자신으로 인해 미움을 받는 존재가 된 것이다. 연숙이 막대기로 누렁이의 머리를 강타했다. 누렁이는 눈을 뒤집어쓰는가 하더니 네다리를 죽 펴고 기절한다. 잠시 후, 뻗어 있던 누렁이가 툭툭 털고 비척이며 일어난다. 그리곤 비실비실 마루 밑으로 사라진다. 어느 때는 다리를 맞을 때도 있다. 절뚝거리며 마루 밑으로 사라진다. 마루 밑이 누렁이 피난처다.

연화는 매를 맞는 누렁이를 볼 때마다 자신이 맞는 것처럼 움찔움찔 같은 반응이 온다. 대수대명(代數代命)이라는 말이 있다. 죽을 운명을 막기 위해 대신 동물이나 사람을 대신 죽이는 것이다.

연화는 누렁이보다도 처지가 열악했다. 개는 사람들 눈에 띄지 않으면 된다. 그리고 노동을 강요받지도 않는다. 하지만 첩의 딸은 남이 볼까 봐 겁을 내고 집안에 숨겨 놓고 고문한다.

같은 조건이라도 남자아이는 처지가 다르다. 그 집안의 씨라는 존재이기도 하고 아무리 눈엣가시라 싫어도 집일을 시키지 않는다. 학교에 갔다가 눈을 피해 공부한다고 자기 방이나 친구의 집으로 스며들어 눈에 띄지만 않으면 그런대로 견딜 수 있다.

하지만 여자아이는 혹독한 가사에 매달려야 한다. 앉아 있으면 안 된다. 언제나 쉴 새 없이 일을 해야 한다. 한순간도 쉬지 못하게 한다. 끝도 없는 가사 일, 잔인한 일은 계속된다. 여자아이는 노동에서 벗어날 길이 없다.

"일하다 죽은 귀신은 없다."

큰엄마가 입버릇처럼 연화에게 하는 말이었다.

연화가 학교에 다녀와서 저녁식사 준비를 할 때였다. 배가 너무 아팠다. 느닷없이 통증이 찾아왔다. 쌀을 씻어 솥에 안치고 한쪽 배를 움켜잡고 누워서 아궁이에 불을 때고 있을 때였다. 누구에게 아프다는 말을 한단 말인가?
앉아 있을 수 없을 정도로 배가 아파왔다. 배를 안고 뒹굴
다가 부엌 바닥에 쓰러졌다.

　병원에 실려 갔다. 의사는 맹장이 터졌다고 했다.
　"이 정도로 아프면 견디기 힘들었을 텐데….."
　잠결에 의사 말이 들렸다.
　"미련 곰탱이 같으니."
　큰엄마가 옆에서 투덜대는 소리도 들렸다.
　가까스로 목숨을 건지고 병원에서 집으로 돌아와 연화
는 며칠 쉬었다. 그러나 밥을 먹을 수 있게 되자 다시 일
터로 내몰렸다. 큰엄마는 말했다.
　"밥을 먹으면 죽지 않는다."
　연화는 스스로 생각해봐도 자신이 참으로 질긴 목숨이
라는 생각이 들었다. 인간의 발에 밟혀도 살려고 버둥거
리고 다리가 잘려나가도 달아나는 도마뱀, 절지동물 같다
는 생각도 들었다. 아무리 모진 매를 맞아도 호소할 곳이
없다. 어디로 간단 말인가? 큰엄마 손아귀에서 벗어날 수
없다. 그렇다고 세상 속으로 뛰쳐나가면 더 큰 악마들이

입을 벌리고 있을 것이다. 신문이나 뉴스에 무작정 상경한 무연고 여학생이 갈 곳은 뻔하다. 불량배에 속아 성노예로 전락하거나 노예로 부려먹을 사람들의 먹이가 될 확률이 높다.

라쿠카라차

중학교 3학년 여름이었다. 한참 사춘기 우울증에 허덕이고 있던 연화는 계절과 상관없이 겨울에서 멈췄다. 어느 날, 어디서 본 듯한 청년이 아버지 집을 찾아왔다. 길에서 만났다면 낯설지 않은 얼굴이다. 마당에 서 있던 청년은 나를, 나는 청년을 쳐다봤다. 큰 눈을 굴리며 청년도 연화의 존재를 궁금해 하는 것 같았다. 연화는 처음 보는 청년이 그곳에 서 있다는 자체가 기이함으로 다가왔다.

왜지? 자신의 존재가 거의 의식하지 못한 뿌리 깊은 곳에서 엉겨붙는 것 같았다. 그것은 의지와 상관없이 움직일 수 없이 내 인생에 끼어들게 될지도 모른다는 기시감

(既視感) 같은 것이었다.

큰엄마의 표정이 갑자기 바뀌더니 입가에 비웃음이 비친다. 그 청년에게 턱짓으로 나를 가리킨다. 큰엄마라는 사람은 둥근 얼굴로 살집이 있어 보기에는 후덕해 보이기까지 했다. 처진 눈에 가려진 눈매만 빼면.

청년은 무심한 듯 연화를 힐끗 쳐다보았다. 입매가 큰엄마와 비슷해 보였다. 그동안 연화의 존재에 대해 많은 말이 오간 듯, 그는 연화의 이름을 말하지 않아도 이미 아는 듯 묻지 않았다. 큰엄마는 마지못한 표정으로 연화를 불렀다.

"연화야, 이리 와 봐라. 네 외삼촌이다."

큰엄마의 남동생? 자세히 보니 큰엄마를 닮은 점이 있었다. 하지만 길에서 보았다면 큰엄마 동생으로 보지 않았을 것이다. 남매간이라고 하니 그제서야 조금 닮은 점이 보였다. 뚱뚱한 큰 누나와 다르게 갸름한 얼굴에 몸은 날씬하고 선한 인상이다. 처음엔 별로 눈에 띄지 않거나 평범한 얼굴도 익숙해지면 잘 생겨보이기도 한다. 꽤 미남이라고 해도 될 인상이었다. 이름이 병석이었다.

"안녕하세요."

112

연화는 입속으로 중얼거리면서 고개를 숙였다.

큰엄마의 아들과 딸들은 모두들 삼촌 왔다고 매달리면서 반가워했다.

"삼촌! 이번에도 곤충채집하러 가."

연화 언니인 연숙이 병석의 손을 잡아끌었다.

병석은 여름방학이 되면 큰누나네 집에 와서 방학 내내 지낸다고 한다. 나중에 알았지만 S대학교 2학년 재학 중인데 생물학과에 다닌다고 했다. 큰엄마는 동리 사람들에게 동생이 서울에서 제일 좋은 S대학에 붙었다는 이야기만 했다.

"소식도 없이 어떻게 내려왔니? 무슨 일 있는 거니?"

"아니. 입영통지서가 나와서."

"와! 외삼촌이 벌써 군대를 간다고요?"

연숙과 남동생 석이는 아쉬워한다.

"응, 그래서 며칠 있다가 떠나려구."

"엄마가 걱정이 많으시겠구나."

"난리지 뭐."

"엄마도 체념하셔야지 어쩌겠어. 전시도 아니니 크게 걱정 안 해도 된다고 하지 그랬니?"

"물론 엄마도 알고 있어. 나도 그렇게 말했지만 군대 가는 나보다 더 걱정이지."

병석은 대학교 2학년을 마치고 바로 군대를 다녀와서 복학하는 것이 낫다고 자원입대를 하기로 했고, 군대 입대하기 전에 인사차 왔다고 한다. 병석이 나타나고부터 연화는 어떤 기운을 느꼈다. 고독한 순간에도 희망 같은 것이 솟아올랐다. 큰엄마의 동생이 아니라면 얼마나 좋을까. 그를 좋아 할 수 있을 것이다.

왜 그런 생각이 들었는지 모르지만, 병석이 자신을 바라보는 연민의 눈초리에서 따듯한 느낌을 받았기 때문이다.

아버지 집에 오고부터 늘 싸늘한 적대감 속에 살았던 연화는 비로소 자신을 바라보는 따듯한 눈이 있다는 것을 느꼈다. 한 줄기 작은 햇빛이라도 잡고 싶은 고독한 영혼인 셈이다. 밤낮으로 쉬지 않고 자신의 잘못을 들추고 미워하는 사람들 속에서 살다 보니 조그마한 친절에도 심장이 반응했다. 고독한 영혼은 마음도 가난했다.

연화는 그런 병석을 보며 큰엄마 때문에 자신에 대한 죄책감은 있는 것 같다는 생각을 했다. 누나가 자신에게 고통을 안겨준 만큼 그도 아파해야 한다. 연민을 느껴야 한다. 다행히도 병석은 고민하는 것 같았다. 그렇게까지 나쁜 놈은 아닌 듯했다. 연화는 병석의 모습을 살피며 이런 생각을 했다.

어떤 존재가 자신을 지켜주고 있을 것이란 생각을 했다. 어릴 때부터 긍정적인 생각을 하려고 노력해온 결과인지도 몰랐다. 이 존재를 믿어야 하는지 설명할 수 없었다. 그렇게 터무니없는 희망이라도 가져야 살아남을 것 같았다.

'그래도 동정심은 있어 보이는데, 그렇다면 믿어 봐도 되지 않을까. 병석이 타인의 불행을 함께 아파하고 고민할 수 있다면, 그에게 희망을 걸어볼 만한 거 아닐까. 지푸라기라도 잡는 심정으로 그가 던져준 끈을 잡게 될 날을 기다려볼까.'

연화가 엄마로부터 분리되어 자신의 의지와는 반대로 밀리고 밀려서 종착지인 아버지 집으로 던져졌다. 그때부터 그녀 안에서 죽음이라는 검은 그림자가 삶의 무게로 다가온다는 공포가 어렴풋이 자리 잡을 태세다. 그 검은 그림자는 시간이 지나감에 따라 차츰 더 깊게 자리를 잡아가고 있었다. 그냥 그 검은 그림자 부정의 마귀에게 굴복해서는 안 된다는 신념을 키우기로 했다. 우리를 둘러싼 여러 겹의 우주들과 신과 자연의 지혜를 알아보는 혜안이 그녀를 지켜 주리라는 희망이라는 것이 있을 것이라는 믿음이다. 희망적인 봄이라도 개인에 따라서 죽음에 유혹에 시달리기도 한다.

연화는 자신의 운명을 탓하고 있기보다 이미 주어진 운명을 바수어 버릴 것을 결심했다. 생각이 있고 자유의지가 주어진 것은 개인이 선택할 권리도 주어진다고 한 어떤 책에서 읽은 기억도 떠올랐다. 야무지게 결심을 해도 불안함이 계속 몰아쳤다.

달의 계집에서 태양의 딸로 거듭날 날을 기다려야 한다. 아니다. 내가 찾아나서야 한다. 하늘을 올려다본다. 달은 그녀의 수호신이다. 완전한 밤이 되었고, 달이 뜨지 않은 하늘엔 별들이 반짝거린다.

연화는 스스로 상상하던 환영과 전조, 내면의 소리를

찾으려고 노력했지만 아직은 찾을 수가 없었다. 언젠가는 그 존재를 알게 되리라는 희망이 있었다. '수호신' 그녀가 희망을 잃지 않고 살아간다면 언젠가 그녀 앞에 모습을 드러낼 것이고, 그녀에게 믿음을 줄 존재가 나타날 것이다.

병석은 조카들에게 흥미 있는 이야기를 들려주었다. 특히 바퀴벌레의 세계에 대해 많이 알고 설명했다.

곤충은 지구상에서 가장 우월한 형태의 생명체로서, 4억 년 전에 출현했음을 보여주는 화석이 있다고 했고, 바퀴벌레는 뭔가 아주 뛰어난 장점을 갖고 있기 때문에 무려 3억 년 이상 인간보다 2억 9,900만 년 앞서서 탄생했다고 조카들에게 설명한다.

"너희들 '라쿠카라챠'가 무슨 뜻인지 알아?"

"노래 제목이잖아요."

옆에서 동생 석이가 얼른 대답한다.

"너희들은 구체적으로 모르지? 바퀴벌레 이름이야."

"바퀴벌레라구요?"

"응, 라쿠카라차는 스페인어로 된 멕시코 민요란다."

"그 쪼그만 벌레가 우리보다 더 오래 전에 태어났다는 말이예요?"

동생들은 병석의 말에 호기심이 발동했다.

하지만 큰엄마는 대놓고 병석에게 말하지 않았지만 탐탁해 하지 않은 것 같았다. S대학에 입학해서 좋아했더니 겨우 벌레를 전공한다고 해서 모두 심기가 불편했고, 그중 큰누나가 어처구니가 없다는 듯 고개를 설래설래 흔들었다.

병석은 큰누나 관심이 어디에 있든 상관하지 않았다. 자신이 좋아하는 분야를 연구하는 것이 당연하다고 생각했다.

"삼촌은 왜? 바퀴벌레에 관심이 있는 거야?"

"강인한 삶이거든. 사실 '라쿠카라차'의 신나는 멜로디 안에는 비참한 처지에 있는 멕시코 원주민들이 스스로를 '바퀴벌레'에 비유한 슬픔이 담겨 있어."

병석은 조카들에게 열심히 설명했다.

바퀴벌레는 아무런 외관상의 변화 없이 지구상을 재빠르게 기어 다니며 오늘날까지 살아남을 수 있었다. 따라서 바퀴벌레가 지구상에서 생존해온 역사와 다른 종들의 멸종에도 불구하고 씩씩하게 살아남은 요령, 진화와 종의 지배에 관한 관점에서 살펴보는 것이 유익하고 즐거운 일이다. 바퀴벌레는 오랫동안 거의 변하지 않았다. 우수한 형태를 보전하고 여기에다 오랜 기간에 걸쳐 헤아릴 수 없는 많은 정교함을 첨가하여왔다. 이런 정교함은 튜닝 결과에 따라 주의를 끌지는 않지만 모든 것을 갖춘 생물로 진화했다.

"바퀴벌레는 인간보다 먼저 지구상에 나타났고, 살아가고 있어."

인간보다 먼저 지구상에 나타났고, 지금도 살아가고 있는 게 '바퀴벌레'란 말이지. 연화는 바퀴벌레가 끝까지 살아남은 방법이 궁금했다.

"이상한 소리 그만하고 밥이나 먹어."

큰엄마는 고개를 흔들면서 아이들까지 물들일 것 같아 심기가 편치 않은 모양이었다. 동생에게 쓸데없는 소리 그만하고 군대 갈 때까지 편히 쉬라고 했다.

운명이라는 수레바퀴를
좋아하지 않는다

밤이 깊었다. 낮에 떠들썩했던 집안은 평온을 찾았다. 병석은 점심을 먹고 나간 후 해가 지고 밤이 되어도 돌아오지 않았다. 연화는 저녁을 챙기지 않았다고 큰엄마에게 야단을 맞을지도 모르는 일이라 신경이 쓰였다. 설거지를 마치고 기다리다가 그의 저녁을 식탁 위에 챙겨 놓고 방에 들어가 피곤한 몸을 방바닥에 짐짝처럼 부렸다.

연화는 기절하듯 잠이 들었다. 죽은 듯 잠이 든 사이에도 무언가 이상한 기운이 느껴졌다. 공기의 흐름이 고막이 아니라 살갗과 핏줄 속으로 스며들어와 심장을 두들기는 숨소리, 몸의 구석구석, 모든 구멍으로 밀려들어와 그

몸을 허공으로 떠오르게 하는 숨소리….

평상시에도 누구도 함부로 연화를 깨우지 못한다. 잠자는 연화를 건드리면 화들짝 놀라는 모습이 가련하다 못해 깨우던 사람이 기겁을 하도록 놀랬던 것이다. 벌벌 떨면서 울기 직전이 된다. 누가 연화에게 그토록 놀라게 했을까.

어쩌다 늦잠을 자면 큰엄마에게 매를 맞으면서 생긴 버릇이다. 또 맞을 것 같아 놀란다. 깨우기만 하면 눈을 동그랗게 뜨고 발딱 일어서며 공포에 떠는 바람에 깨운 사람이 죄를 짓는 기분이다.

연화의 놀라는 버릇은 큰엄마라는 사람은 연화에게 느닷없이 따귀를 때려 정신이 번쩍 나게 한 것이다. 그런 일이 빈번히 일어나다 보니 자연히 놀라는 것은 당연하다. 깨우려면 늘 그냥 일어나라고 하지 않고 발로 걷어차거나 꼬집는다.

연화에게는 탈출을 도와줄 사람이 없다. 출애굽보다 더 오랜 시간이 걸릴지도 모른다. 어른들이 만들어 놓은 올가미, 거미줄에 걸린 파리처럼 발버둥 치면 칠수록 엉키는. 지금의 치욕스런 삶을 버릴 수 있다면 그렇게 하고 싶었다. 생명을 준 사람에게 생명도 책임지라고 하고 싶었다. 실수로 구걸하듯 버려진 생명, 타의에 의해 생명을 얻어 가진 자의 몫은, 원하기만 하면 죽을 수 있는 권리도 주어야 마땅하다. 어떤 것도 할 수 없다면 태어날 때 모습으로 점점 작아지다가 사라지게 되는…. 그렇게라도 해주어야 한다.

연화는 비틀거리며 일어나서 무릎을 꿇고 기도했다.

"제게 지혜를 주세요. 어떻게 하면 그들이 저를 미워하지 않게 할 수 있을까요. 착한 마음을 가져도 그들은 저를 악마로 취급하고 있어요."

무서워 죽을 것 같은데도 미소를 지어 보여야 했다. 이렇게 어미의 죄를 대신 받아도 당연하다는 마음으로 그들의 학대를 견디고 있었다. 현재는 마음을 들키지 않고 착한 애로 보이고 싶을 뿐이다. 내가 살아남을 길은 오로지 그들의 마음에 드는 일이다.

그러나 누구도 내 소망을 들어주지 않았다. 최소한의 은총을 베푼 사람도 없었다. 현실은 단지 노동하는 데 필요한 사람에 불과했다.

'맞으면서도 죽도록 맞아도 주인님 당신뿐입니다. 그렇게 주인을 위해 헌신하는 개처럼.'

　연화는 생각했다. 내가 무슨 죄가 있을까. 태어난 죄뿐인데. 누구라는 특정인에게 태어난 것이 인간의 운명이라면 그건 불합리하다. 잘사는 인격을 갖춘 부모에게 태어난 아이는 태어나기 전부터 축복을 받고 세상에서 누릴 수 있는 특혜를 다 받는다.

　그렇다면 그동안 신(神)을 무얼 했는가? 신이 왜 필요한가? 신이 있다면 아무 죄도 없는 내가 처한 상황을 어떻게 설명할까? 생명이라는 씨앗이 생기기 전에 엄마가 누구인지 나쁜 사람인지 좋은 사람인지도 모르고, 태어나기도 전에 저질러진 어미의 죄를 묻는다는 건 신이 잘못을 저지르고 있는 것이다. 인간도 아니고 신이….

　신이 직무유기를 하고 있는 동안 자신의 미래를 보고 싶어 다른 신을 찾기도 했다. 신이 가르쳐 주지 않으니 인간 스스로 찾으려고 애를 쓸 수밖에 더 있겠나.

　죄를 지었다는 엄마에게 내린 벌은 인간끼리 질투로 인해 가해진 것이다. 엄마는 아버지가 부추기고 꼬셔서 잠

시 유혹에 넘어간 불쌍한 여자다. 제일 단죄해야 할 사람
은 아버지이다. 다음엔 사랑하라고 에로스를 심어준 신이
고, 그리고 조건 없이 동조한 엄마다.

　엄마의 죄는 사랑하는 딸을 구박을 당할 줄 알고도 이
곳에 보낸 처사다. 남편의 사랑을 빼앗겼다고 억울해하는
큰마누라에게 딸을 제물로 바친 것이다. 그동안 자신에게
던져졌던 화살을 연화를 향해서 마냥 분풀이를 하라고 한
것 같다. 본인의 죄 대신 딸에게 죄를 뒤집어씌워 희생 제
물로 내놓은 것이다.

　병석은 모처럼 동네 친구들과 어울렸다. 입대하는 병
석에게 친구들이 파티를 열어주었다. 읍내 창녀촌에 가서
총각 딱지를 떼러 가는데 의견을 같이하고 의기투합했다.
병석은 말로는 찬성했지만 내키지 않았다. 그럭저럭 시간
이 흘렀고 모두들 자리에서 일어났다.

　"야, 술이 너무 취해서 여잔지 남잔지 구별도 어렵다."

　병석은 연화의 얼굴이 떠올랐다. 왜, 그 아이의 얼굴이
어른거렸는지 모른다. 애처롭다는 생각이 들었기 때문이
다. 눈 너머 뇌리에 박혀버렸던 것이다. 연화 생각을 하

면 보호해 주고 싶다는 생각이 들고, 연화의 처지가 안타까웠다. 누나의 입장에서는 눈엣가시지만 병석은 그런 연화가 더 불쌍했다.

병석은 연화를 처음 본 순간 가슴이 얼어붙는 것 같았다. 지금껏 생각해 보지도 느끼지 못한 감정을 느꼈다. 가슴에서 불같은 것이 쏟아지는 느낌이었다. 눈을 뗄 수 없었다. 연화는 자라면서 긴 팔과 긴 다리는 완벽한 우아함을 보이는 모습과 조화를 이루게 되었다. 두려움을 감춘 침묵은 연화를 더욱 우아한 귀족처럼 보이게 했다.

오! 이런, 기쁨이 터져 나오면서 그의 영혼이 외쳤다. 병석은 거리를 헤매면서 세상에 대고 소리치며 무조건 걷기 시작했다. 두 볼이 화끈거렸다. 몸도 불타고 있었다. 사지는 떨렸다. 앞으로 앞으로 앞으로, 그는 자신의 운명을 향해 우주라도 달릴 기세로 미친 듯이 달렸다. 가까스로 가슴을 부여잡고 생각했다.

그 아이의 맑고 슬픈 눈이 그의 영혼으로 영원히 들어왔고 어떤 말로도 그가 느끼는 황홀경의 거룩한 침묵을 깨트릴 수 없었다. 그 아이의 눈은 그를 불렀고 그의 영혼은 그 부름에 날뛰었다.

살면서 실수하고, 타락하고, 승리하고, 그리고 삶으로부터 삶을 재창조하는 것이다. 야성의 천사가 인간의 젊음과 아름다움을 지닌 천사가 삶의 아름다움을 선사한 것이다. 황홀의 순간에 모든 과오와 영광의 길로 들어서는 문을 그에게 열어 보여준 것이다. 앞으로 가자, 가자!

병석은 어떤 고난이 닥쳐도 그 아이로부터 헤어나올 수 없을 것 같은 황홀함과 불행을 보았다. 악의 꽃은 그를 깊은 구렁 속으로 침잠시켰다. 왜 매형이 그 아이의 엄마 춘심이라는 여자에게 영혼을 팔았는지 알 것 같았다. 당장 파멸이 눈앞에 있더라도 뛰어들 수밖에 없는 불같은 열정이 그들을 불행으로 밀어 넣었던 것이다. 누나가 구박하는 것은 어쩌면 당연하다고 해도 매형은 왜 자신의 행위에 대해 책임을 지지 못하고 방치했는가. 누나의 손에 맡겨놓고 나 몰라라 한 파렴치한이다.

그런데 왜 연화 엄마는 자식을 버렸을까. 자신이 낳은 딸을 온갖 구박과 멸시가 있는 적굴에 넘겨버린 것이나 다름없다. 인간들에 대한 회의가 앞선다. 가장 피해자는 연화, 그다음 누나다. 그런데 아이러니하게도 가장 큰 피해자들끼리 싸움을 하고 있는 현실이다. 죄를 사주했거나 저지른 사람은 구경꾼으로 전락해서 모른 체하거나 뒷전에서 구경만 하는데 죄도 없는 사람들이 전면전을 펼치고 있는 것이다.

사람은 삶의 모든 순간마다 선택의 무자비한 갈등에 직면하며, 그때마다 심하게 흔들리는 자신을 인정하지 않을 수 없다. 때로는 누구나 확실한 것이 무엇인지 모르기 때문에 주저하지 않을 수 없다. 그러므로 본성과 밀접한 관계가 있어 보인다. 본능과 인성 사이에 간극이 좁거나 멀어 보이기도 한다. 어떤 선택을 했을 때 본능 쪽이라면 에로스로 치우친 본능이 강하기 때문이 아닐까.

병석은 술을 너무 많이 마신 탓인지 속이 울렁거렸다. 떨쳐버릴 수 없는 유혹, 절대로 있을 수 없는 욕망이 부추긴다. 죽음도 불사할 수 있는 강력한 유혹이 악마가 병석을 지옥으로 몰아넣었다.

그것은 연민에서 시작된 사랑이라는 다른 이름일까. 그렇지 않으면 왜 자꾸 신경이 쓰이는지 몰랐다.

병석은 술김에 발이 가는 대로 걷다가 집에 돌아왔다.

그 아이가 잠든 옆방이 그의 방이다. 희미한 의식 속에서 연화에 대한 연민이 가슴을 차고 올라온다. 그 아이의 슬픈 운명이 너무나 가여워서 눈물이 난다. 하루 종일 심부름에 종처럼 부림을 당하면서 얼마나 슬플까. 자는 얼굴을 한번 봐두고 싶었다.

방 안은 어두웠다. 병석은 어둠 속에서 한참을 서 있다가 어둠에 눈이 조금씩 익숙해졌다. 한쪽에 쪼그리고 자고 있는 연화가 눈에 들어왔다. 발도 뻗지 못하고 웅크리고 자고 있었다. 한 마리 작은 새였다. 무리 중에서 이유 없이 쪼이다가 왕따를 당하고 갈 곳을 잃은 가엾은 영혼이 그곳에 있었다. 아름다움을 잃지 않고 달빛에 비치는 모습이 낮에 보고 느꼈던 복숭아 빛, 연분홍색 볼이 그대로 깨물면 달콤한 즙이 흐를 것 같다.

연화를 편히 자게 이불을 덮어주려고 그 아이 옆에 엎드렸다. 갑자기 머리를 치는 무언가에 놀라 가슴이 뛴다. 연화의 예쁘고 작은 입술이 굳게 다물어져 있어서 언뜻 보면 숨을 쉬고 있는지 모를 정도였다. 눈여겨보고 있노라니 목 언저리가 조금씩 움직이는 것 같았다.

이 아이의 깊은 수면 속으로 자신도 함께 들어가고 싶은 충동을 느꼈다. 어두운 물처럼 머리맡에 흐트러진 머리에 손을 얹는 순간 향긋한 냄새에 현혹되고 말았다.

　병석은 자신도 모르게 연화에게 스며들었다. 스며들었다는 말로 표현하기에는 조금 어패가 있지만 그녀를 바로 눕히고 엎드려 아이의 볼에 냄새를 맡았다. 그 후 절제할 수 없이 그 향기에 빨려들어 정신을 잃었나 보다. 정신이 없다는 것은 의식을 잃은 것일 수도 있고 자신이 아닌 다른 사람이 되어 짐승일 수도 있다. 인격이라는 정신을 잃어버린 것이다. 그리고 자신이 어떻게 인간이 저지를 수 없는 짓을 했는지 모른다. 살며시 그 아이를 애무한 것 같다. 그러다가 조금 더 조금 더, 깊숙이 들어가고 말았다. 그리고 자신을 저주할 일이 벌어진 것이다.

　이상하게도 T.S.엘리엇의 시의 한 구절이 떠올랐다.

　그대와 나를 위한 시간이 있겠지

　아직 백번을 망설일 시간이

　백 번을 바라보고 백 번을 수정할 시간이

병석은 밖으로 나갔다가 자기 방으로 들어섰을 때 술이 확 깨고 말았다. 두 주먹을 꽉 쥐고 서서 오랑우탄처럼 가슴을 내리쳤다. 아무리 가슴을 치고 후회를 해도 이미 일어난 일은 없앨 수 없었다. 그때 막연하게나마 양심에서 소리가 들린다. 사랑으로 메꾸어 보자. 받아들일지 모르지만 그 아이가 진정 원하는 것을 옆에서 지켜주자. 그 아이를 불행하게 해서는 안 된다고 결심을 하게 된 것이다.

연화에게 일어난 그 날의 사건은 악마가 자신에게 들이닥친 일이었다. 영문도 모른 채 당해 놓고 정신을 차릴 수가 없었다. 처음엔 악몽을 꾸고 있다고 생각했다. 잠시 정신을 차리고 생각해 보니 그 '두억서니'의 정체는 큰엄마 동생 병석이었다.

두억서니란 도깨비와 야차 사이쯤에 있는 한국 전통요괴로, 사람의 머리를 짓누르는 귀신을 말한다. 인간이 이해할 수도 저항할 수도 없는 공포의 존재이며 보통 인간은 가위에 눌리게 하는 존재를 두억서니라고 한다.

연화는 자신의 몸뚱이 일부를 떼어 내고 싶었다. 병석임을 알았을 때 버둥거리던 몸뚱이가 멈춰버렸다. 아직도 엄마가 저지른 일로 내게 벌이 남아있었구나. 빨리 악몽에서 벗어나야지 생각한 순간 찢어지는 통증이 찾아왔다.

현실처럼. 잠든 사이 꿈을 꾸고 있다는 생각이 들자 악몽을 떨쳐내려고 버둥거려 보았으나 움찔도 하지 않는다. 두억서니 같은 검은 물체가 두 손으로 양팔을 꼭 쥐어 머리 위로 올리고 스커트 밑 양 무릎 사이로 무자비하게 무엇인가 묵직하게 쳐들어왔다. 병석의 무릎이었다. 곤충 표본처럼 가슴에 핀이 꽂힌 것 같았다. 꼼짝 못 하게 그녀의 팔이 머리 위로 잡혀 있었다. 연화는 거대한 힘에 눌려 저항할 수 없었다. 그 와중에 팬티 고무줄이 터지는 소리에 정신이 돌아왔다.

큰엄마의 얼굴과 병석의 얼굴이 오버랩되면서 안 된다고 말할 수가 없었다. 소리를 지를까. 소리를 지르며 방을 뛰쳐나가야 한다. 그렇게 되면 동네 웃음거리가 될 것이다. 두려웠다. 내 편을 들어줄 사람이 없다는 것이 슬픔이었다. 이유도 없이 말하면 안 될 것 같았다. 아니 말할 수 없었다. 커다란 손바닥이 연화의 입을 틀어막고 있었다.

병석은 폭풍처럼 솟아난 힘에 의해 짐승으로 변했다. 연화의 얼굴만 보고 일어서려던 생각과 다르게 순간적으로 금단의 열매를 따고 말았다. 물처럼 스며들었다는 생각이었다. 그것은 사랑이기보다 상쾌한 배설이었다. 깜짝 놀라 주변을 둘러보다 익숙지 않은 풍경에 당황스러웠다.

어렴풋한 기억이 병석을 잡고 놓아주지 않는다. 일시적인 충동을 이기지 못한 것 같았다. 무의식중에 연화를 약자로 생각했었나 보다. 얄량한 주인의식에 약자를 업신여기고 저지른 행동은 아닐까. 자신을 들여다봤다. 어쩌면 약자로 생각한 것은 맞는 것 같다. 양심이 아팠다. 그렇지 않아도 둥지를 잃고 겉도는 불쌍한 새를, 날개를 꺾고만 셈이다.

천덕꾸러기가 된 연화를, 맑은 영혼을 가진 저 애를 두고 입대를 하려니 눈물이 난다. 나는 훌쩍 떠나면 되지만 남아있는 연화는 어쩌지? 그렇지 않아도 지옥 같은 환경에서 버티고 아니 살아내고 있는 연화에게 커다란 짐을 안겨주고 가는 셈이다. 무책임하게도…. 얼마나 부끄러운지 그 아이를 보고 있을 자신이 없어 모른 척하고 눈을 감고 술에 곯아떨어진 척했다.

'아무 일도 없었던 거야.'

자신에게 최면을 걸었다. 난 아무것도 모른다고.

그러면서도 병석은 공기의 흐름을 감지하려고 촉각을 세웠다. 연화의 기척이 옆에서 느껴졌다. 조심스럽게 흐느껴 우는 소리가 들려왔다. 아니 숨죽여 울고 있는 소리였다.

연화는 눈을 감고 있었다. 몸이 졸아들어 허공 속으로 흔적도 없이 사라지고 싶었다. 아무 쓸모가 없어지고 쓰레기가 되어 버린 느낌, 자신은 완전히 지옥으로 추방된 것이다. 앞으로 더 큰 고통이 몰아닥칠 것 같은 예감에 두려웠다. 우주, 지구의 모든 인간의 세상에서 아무도 모르게 숨어들고 싶었다. 지하 깊숙한 곳 지옥으로 전락하고 말았다는 생각이 들었다.

어떤 거대한 힘에 의해 자신을 징그럽다고 눌러 죽이고 있었다. 자신을 누르고 있는 것이 병석이라는 것을 알았을 때, 자신이 바퀴벌레와 같은 신세라고 생각했다. 바퀴벌레가 된 것이구나! 인간이 혐오하는 바퀴벌레와 동급이 된 셈이다. 주위에서 어떻게든 없어지기를 바라는….

오! 멸시와 천대 속에 살아온 모든 바퀴벌레여! 오만과 편견에 찌든 인간들에게 전면적 반격을 시작하라!

연화는 흐릿한 기억을 되살려보았다. 뜨거운 기운 불덩이로 달아오른 사내의 몸뚱이에 깔려 버둥거리는 자신을 발견했다. 시근덕거리는 달뜬 숨소리가 들렸다. 이를 악물어도 새어 나오는 신음소리가 밖으로 새어 나가지 못하도록 이를 물고 눈을 감았다. 무언가 아래에서 밀려올라와 목구멍으로 치솟아 오르고 몸이 양편으로 갈라지는 느낌이었다.

병석의 행위를 용서할 수 없었다. 어떤 의도였던 순간적인 실수였던 남자의 침입은 가혹한 일이다. 그것도 있을 수 없는 금지된 행위에는 어떤 변명도 필요 없는 일이다.

머릿속이 하얗게 되었다. 마지막 순간을 맞은 사내가 긴장과 흥분으로 솟구쳤다가 무너져 내렸다. 무거웠다. 아무에게도 보호받지 못하는 이제 첫 월경을 치른 순진한 사춘기 소녀가 몸도 마음도 해체되었다. 찢긴 듯 통증이 왔다. 병석은 사라지고 보이지 않았다.

'이런, 개 같은.' 어쩌란 말인가? 더러운 몸을 씻을 곳
도 마땅치 않아 대야에 물을 담아 부엌을 찾아 들었다. 벽
에 붙어 있는 바퀴벌레가 화들짝 놀라 달아나기도 하고
그대로 붙어 있는 놈도 있었다.

한때 바퀴벌레가 무섭다고 비명을 지르며 호들갑을
떨던 때가 있었다. 그러면 엄마가 달려와서 바퀴벌레를
걸레로 덮쳤다. 한쪽 발로 밟아 뭉개버렸다. 그리고 쓰
레기통에 던져버리고는 '이젠 괜찮지?' 하는 표정을 짓
곤 했다.

'비명이란 들어 줄 사람이 있을 때만 터져 나오는 것 같
다.' 이젠 벽에 무수히 많은 바퀴벌레를 보고도 놀라지 않
을 것이다. '너도 나처럼 버림을 받았구나!' 하고 동질감으
로 바라볼 것이다. 지금 죽지 못하면 바퀴벌레처럼 끈질
기게 살아남아 치욕을 견뎌낼 것이다. 쓰러지지 않고 앞
으로 전진하면서 내 운명은 내가 만들며 나가리라.

세상은 내게 무슨 일이 일어났는지 아무도 신경 쓰지
않았고 조용했다. 홀로 소용돌이치는 몸으로 자신이 버

림받았다는 생각이 엄습해 왔다. 헤어날 수 없는 절망감, 스스로 목숨을 끊지 않는 한 생리작용, 먹고 배설만 하게 되면 생명은 유지되고 있었다. 스스로 벌레라고 받아들이지 않는다면 견딜 수 없는 일.

모든 폭풍은 세상을 찢을 듯 아우성치며 거칠게 통과하는 줄 알았다. 그러나 가장 독한 폭풍은 아무 예고도 없이 거친 바람 한 자락 없이 투명하게 우리를 관통해 간다. 사위는 뿌옇게 흐려 있었다. 그나마 다행인 것은 아무도 일어나지 않았고, 밖은 안개에 뒤덮여 보이지 않았다. 앞마당까지 들어와 들이찬 안개 때문에 다소 부끄러움을 가릴수 있었다.

안개가 자욱한 새벽. 밖에는 웅성거리며 아침이 시작되고 있었다. 연화는 겉으론 조용하고 아무 일도 없었던 것처럼 아침밥을 하러 부엌문을 열었다. 내면에 묻은 격랑을 감춘 채 쌀을 씻어 솥에 안치고 멍하니 서 있었다. 아침밥이 다 되어 갈 무렵 안개는 소리 없이 언제 물러갔는지 꼬리도 보이지 않고, 밝은 햇살이 안개가 물러간 자리를 채우고 있었다.

연화는 비틀거리며 아침도 거른 채 학교에 가려고 일어섰다. 달라진 자신의 몸을 세상이 다 알아차릴 것 같았다. 온 천지가 다 부끄러웠다. 울타리 너머로 보이는 울창한 감나무도 어젯밤 사건을 알아차린 것 같다. 반짝이는 감나무 잎을 쳐다보는 것 자체가 창피했고 하늘은 더더욱 볼 수가 없었다. 천하에 몹쓸 죄인이 된 것이다.

근원적인 운명은 어디서부터 잘못되었을까. 거슬러 올라가 생각해 보니 자신이 의도하지 않았어도 죄를 짓게 되고, 왜 죄인이 되는지 모르겠다. 자신의 선택권도 행사할 수 없이 타인 때문에 한 여자의 삶이 뒤죽박죽되고 있었다.

그보다 더 근원적인 것은 병석이 아니었다. 왜 이곳에 와서 이 꼴을 당해야 하는지. 이곳으로 보낸 엄마 탓이다. 그보다 더 근원적인 것은 왜 엄마에게 임신을 시키고 모른 척한 아버지라는 인간에 의해서였다.

'엄마 왜 나를 이곳으로 보냈어? 젊은 아저씨가 나보다 더 좋아? 엄마 앞길에 내가 걸림돌이 될까 봐 버린 거야? 엄마 앞길이 그렇게 중요하면 왜 나를 낳았어? 차라리 고아원에 버린 것이 더 나을 텐데. 딸을 적굴에 보낸 것은

또 뭐야? 아버지라는 인간을 믿었어? 엄마를 버린 인간인데, 나라고 안 버릴 것 같애? 더 말해 무엇해.'

큰엄마 집으로 오기 전까진 나는 어리광쟁이 소녀에 불과했다. 이곳에선 갑자기 어른 취급이다. 순수함보다는 못되고 영악스러운 아이라고 손가락질받으며 타의에 의해 조종되는 인형이 되었다. 자신의 의지와는 상관없이 어른들에 의해 지옥 불에 떨어진 것이다. 지옥도 등급이 있다면 회생할 수 없는 최악의 지옥으로 보내진 것이다.

적어도 나를 낳아준 엄마라면 자식이 어디를 가야 행복할지 죽지 않고 살 곳을 선택해야 하는 일이다. 고민도 없이 제 애비가 길러주겠지 하는 단순한 생각으로 이 세상에서 가장 험한 곳을 골라서 보낸 것이다.

어느 누가 다 자라지도 않은 어린 여자에게 미리 죄인이라는 낙인을 찍었는가? 영악한 주변 사람들이 자기들끼리 마음대로 악인으로 평가해 버린 것이다. 집안을 말아먹을 악귀, 연화는 자신이 모든 사람들의 불행의 시작이라는 사실을 귀가 아프게 들었기 때문에 그렇다고 믿게 되었다. 그리고 아무 저항 없이 어떤 평가에도 서항하지 못한다. 그 나쁜 피를 물려받은 이상 내가 혼자 책임지고 견뎌야 한다는 생각이다.

연화가 태어난 이후 겪게 되는 무수한 일들, 그날 새벽 그녀가 그곳에 없었더라면 결코 일어나지 않았을 것 들이다. 어느 날 순간, 우리의 존재를 쥐고 흔드는 건 바로 미리 준비되어 있었듯이 일어나는 것들이었다. 정작 참기 힘든 것은 육체의 고통도 고통이지만 부당한 일을 당한 일로 자신이 생각하지도 않은 일로 단죄를 받는 일이었다.

연화는 자신의 운명이 어디로 흘러갈지 생각하지 못했다. 누구나 그렇듯이…. 그날 이후, 마치 예언서에 기록되어 있듯이 '앞으로 너의 운명은 네가 원하지 안했어도 격랑에 휩쓸려 나가리라'는 말처럼. 모든 게 자신의 의지와 상관없이 제멋대로 벌어지고 있는 것이다. 누가? 내 운명을 쥐고 흔든단 말인가? 까마득히 먼 과거에 활시위를 당긴 사람이 누구인가? 계획한 사람이 누구인가? 내게 운명의 활을 쏜 사람이 있다면 화살이 언제 어느 지점에 박히게 될지 알고 있을까? 연화는 행복은 자신과는 어울리지 않으며 행복이란 말이 있다는 것을 알고 있을 뿐이다.

연화는 얼결에라도 행복이라는 말을 자신에게 사용해본 적이 없다. 행복한 가정이나 행복한 가정에서 사용되는 '행복한'이라는 말은 모두 타인들의 것이라고 생각했다. 자신에게는 맞지 않는 옷을 입었을 때처럼 늘 부자연스러운 것 같았다. 언제나 최악의 경우를 생각하고 받아들일 준비를 하고 살았기 때문에 자신의 보호막을 걷어 가 버렸다는 것을 인정해야만 했다. 그러나 타인들이 누릴 수 있는 일이라면 내게도 해당되는 일이 있지 않을까? 지금은 이렇게 버림받고 있지만 먼 훗날 나 스스로의 힘으로 운명을 바꿀 수 있을지도 모르는 일이다.

불안한 나날이 계속되었다. 병석이 눈앞에 나타나면 숨을 쉴 수 없다. 현기증이 났다. 현기증이란 추락할지도 모른다는 두려움 때문이다. 여기에서 더 어떻게 떨어진단 말인가? 그래도 연화는 언젠가는 삶이 안락하고 행복한 자리를 마련해줄 것이라고 믿기로 했다. 아직 죽지 않고 살아있는 걸 보니.

　병석은 연화 옆에서 슬슬 눈치를 봤다. 다음날도 그는 그녀 근처를 맴돌았다. 그도 나처럼 불안한 것 같았다. 자신이 저지른 행위에 대해 죄책감을 느끼거나 아니면 그녀에게 고통을 안겨준 연민을 어떻게 다스려야 하는가? 고민하는 것 같았다.

　연화는 병석이 자신에 대한 동정심은 있는지 궁금했다. 하지만 그건 쓸데없는 감상일 뿐이다. '시간'이라는 괴물이 자신의 운명을 견뎌내고 있었다. 병석은 내 고통이나 고민을 알고 있을까. 그렇다면 희망을 걸어 볼 만했다. 지푸라기라도 잡는 심정으로 그가 던져준 끈을 잡게 될 날을 누추하게 기다리고 있었다.

　연화는 누구에게 하소연할 곳도 없었다. 병석이 떠나면 해결될 문제라고 억지로 생각했다. 그러나 병석이 연화 눈앞에서 사라진 후에도 찜찜했다. 망가진 몸으로 살아갈 일이 걱정되었다.

작은 희망

연화는 며칠째 손이 차가웠다. 찐득한 통증과 함께 습기가 아랫배에서부터 올라왔다. 급히 화장실로 달려갔다. 그러나 팬티는 깨끗했다. 찐득하고 묵직한 통증이 아랫배에 들러붙어 있어 불편할 때가 차라리 그리웠다. 팬티가 축축하다고 느껴질 때면 곧바로 화장실로 달려갔으나 매번 허탕이었다. 소변이 조금 묻어 있을 뿐이다. 바램과는 달리 열흘이 가도 나아질 기미가 없었다. 드디어 몸의 이상이 느껴졌다.

아이를 임신했다는 걸 알았을 때 연화는 너무 무서워서 눈물도 나오지 않았다. 큰엄마의 얼굴이 떠올랐고, 이 사

실이 알려지면 큰엄마가 자신을 죽일지도 모른다는 생각
이 들었다.

미운 년이 미운 짓을 저질렀으니 난감했다. 자신이 저
지른 일이 아니었지만 사람들은 모두 내게 화살을 돌릴
것이다. 살아서 억울한 일은 내가 하지 않은 일에 책임을
져야 하는 일이다. 죽을 수도 없었다. 그냥 존재 자체로
책임이 주어지는 운명 그 역할을 맡아야 한다는 것이 고
통스럽고 불공평했다.

순진하다기보다는 무조건 겁이 많았다. 옆에서 잘못해
도 자신에게 돌멩이가 날아올 것 같았다. 늘 그랬으니까.
잠시 숨을 고르고 냉정했더라면 덜 고통을 받았을지도 모
른다.

그 일을 큰엄마에게 알렸더라면 염장을 지르는 일이고,
일종의 복수를 하는 일이고, 그렇게 되면 같은 죄인이라도
덜 멸시를 받았을지도 모른다. 아버지라는 사람도 큰엄마
에게 덜 닦달을 당했을까. 아니면 더욱더 멸시를 당했을지
도 모른다. 한편 아버지와 큰엄마 모두에게 복수가 될지도
모르는 일인데. 그때는 몰랐다. 인과응보 그가 대가를 치
루어야 할 것이라는 사악한 생각도 할 줄 몰랐다.

큰엄마에게 자신의 동생이 한 일을 말했어야 했다. 아버지도 알아야 하고. 그런데 혼자서 고민하고 알려질까 두려움에 떨었다. 친구 명자에게도 구체적으론 말하지 못했다. 아무에게도 말할 수 없었다.

하늘 아래 가장 무거운 것, 그것은 삶이었다. 다시는 남자의 조롱거리나 먹이가 되지 않겠다고 다짐했다. 그러나 시간이 지나면서 외로움은 그녀의 발목을 낚아챘다. 앞날이 꽉 막힌 감옥에서 풀려날 기미가 보이지 않는다.

다른 사람을 고통스럽게 하고 싶은 마음은 조금도 없었다. 불행했기 때문에 다른 곳, 아주 먼 곳으로 그래서 '세상'으로부터 도망칠 수 있는 그런 곳으로 가고 싶었다. 그러나 달라진 몸으로 일상으로 돌아가려고 해도 불가능했다. 중학교 졸업을 앞둔 시기지만 아직 중학생인 처지다.

큰엄마는 연화에게 이렇게 말했다.

"너는 중학교만 졸업하면 시집갈 때까지 집에서 살림을 배워라."

눈앞에 놔두고 부려먹을 작정이었다. 큰엄마의 아이들, 큰언니와 오빠는 고등학교와 대학을 다니고 있었다. 연화도 다른 사람들처럼 꿈을 갖고 싶었다.

미국 작가 리처드 버크의 소설 『갈매기의 꿈』에서 '조나단'이라는 갈매기는 무리 속에서 벗어나서 항상 더 높게 날고 싶은 꿈을 꾼다.

조나단, 넌 백만 마리의 새 중에서 하나밖에 없는 정말 드문 새라는 사실이야.

우리는 대부분 느리게 성장해 왔어. 우리는 한 세계를 떠나 거의 비슷한 다른 세계로 들어왔지.

삶에는 먹는 것, 싸우는 것, 또는 갈매기 무리 속에서 권력을 갖는 것, 이상의 무언가가 있다는 것, 생각을 최초로 하기까지 우리가 얼마나 많은 생을 거쳐야 하는지 넌 생각해 본 적 있나?

수 천, 수만의 생이야. 조나단. 우리가 떠나온 세계를 금방 잊어버리고 우리가 어디를 향해 가고 있는지는 관심도 없어. 다만 현재를 위해 살 뿐이지.

겨울방학이 끝날 날이 며칠 남지 않았을 때, 친구 명자가 찾아왔다.

"네 일기장 좀 빌려줘라."

밀린 일기를 써야 하는데 그날에 눈이 왔는지 개였는지

흐렸는지 날씨를 모르겠다고 했다. 곧 개학이 닥칠 텐데 숙제를 못해서 걱정이라고 했다. 연화는 그런 것에 신경 쓸 정신이 없었다.

"나도 안 썼어."

연화는 힘없이 말했다.

"너 왜 그렇게 우울해?"

연화의 심상치 않은 얼굴 기색을 보고 명자가 걱정했다.

"난, 이제 학교 못 갈지도 몰라."

"왜? 갑자기 무슨 일이 있어?"

"원수 갚을 사람이 있어서."

"무슨 일인데 끔찍한 소릴 해?"

"큰엄마 동생 병석이 놈을…."

"전에는 네게 친절하다고 해놓고는."

예전과 다르게 손을 떨며 분노에 찬 연화를 보고 명자도 겁이 났던 모양이다. 명자는 아무 말도 못 하고 돌아갔다. 무엇인가 심각한 일이 생겼다고 생각하는 것 같았다.

연화가 전전긍긍 고민하면서 나날을 보내던 어느 날이었다. 그러던 차에 옆집에 하숙하는 태수와 우물 앞에서 마주쳤다. 그가 자신에게 호감을 가지고 있다는 것을 알고 있었다. 가끔 얼굴을 마주친 청년은 자신의 이름은 경태수라면서 후생사업을 하러 파견 나온 군인이라고 했다. 계급은 육군 중사였다. 군대에서 군비가 부족해서 군속인 장병들에게 스리쿼터(소형 화물차)를 지급하고 민간사업을 해서 자금을 조달하게 했다고 한다. 그 관리를 태수가 맡아 한 관계로 경제력이 넉넉한 형편이라고도 했다.

태수는 연화에게 연민의 시선을 보냈다. 연화는 한 번도 그런 시선을 받아 본 적이 없었다. 늘 부지런히 일을 하지 않는다고 혹독한 눈길만 받아 오던 터였다. 태수의 눈을 보며 희망 같은 것을 보았다. 내 희망은 나를 태우고 세상으로 나가는 것이고, 지금 나는 내가 타고 갈 배를 기다리는 것이다.

연화는 그 배를 허공에 띄워 몸을 싣고 대양으로 나아가는 상상을 했다. 희망이라는 태수의 배에 올라타면 먼 곳으로 갈 수 있을 것 같았다. 잠시 해방감을 느꼈다. 지금도 원하기만 하면 바다로 나아갈 수 있을까? 나를 데리고 갈 배는 언제 올까?

연화는 태수에게 희망을 걸었다. 나를 망치고 가버린

놈은 그대로 놔두고 다가온 사랑 앞에 충성을 하리라 마음을 먹는다. 차선책으로 그의 사랑을 받아들이기로 했다. 이곳을 탈출하려면 또 다른 사람의 도움이 필요했던 것이다.

며칠 후, 집 앞에서 태수를 만났다.
"연화야. 우리 집에 가자. 잠깐 할 말이 있어."
"무슨 말이에요?"
"맛있는 과자가 있어. 너 줄려고 놔두었는데 같이 먹자."
연화는 태수가 연결해 놓은 줄을 따라갔다. 자신에게 따뜻한 눈길을 보내던 태수였다. 이 세상 누구도 관심 없었지만 연화는 태수만 보면 그녀도 모르게 마음이 따뜻해졌다. 이 세상에서 내 편은 없다는 절망감에서 유일하게 자신을 보살펴 주고 있었던 것이다.

태수와 데이트를 하던 날, 연화는 자신의 비밀을 고백할까 하다가 말문을 닫았다. 어차피 옳은 인생의 모델은 없었다. 스스로 맞게 사는 생이 있을 뿐. 이 남자에게 나름대로 최선을 다하는 것이 자신이 비밀을 숨긴 대가를 치르는 일이라고 생각했다. 그의 성실한 눈을 보며 자신의 순수한 마음을 그가 알아주길 바랐다. 마음과 목숨을 함께 바치겠노라 다짐했다. 고독한 사람들은 마음을 쏟아붓는데 인색하지 않다. 연화도 그중 한 사람이다.

"난… 사랑 같은 걸 모르고 살았어요. 언제나 어둡고 무기력했어요. 이제는 그런 내 마음의 빗장을 풀고 마음껏 웃고 울고 싶어…."

세상일은 연화가 원하는 대로 되지 않았다. 태수가 연화와 만나기를 꺼려하는 것 같았다. 그러더니 이유도 없이 약속 장소에 나타나지 않았다. 다방에 앉아 보리차만 마시면서 세 시간을 기다렸다. 자신의 인내심을 시험하면서… 출입구만 보다가 일어서서 도망치듯 나왔다. 긴긴 시간 누군가가 자신을 보고 있었을 것 같아 부끄러웠다. 그녀가 믿은 만큼 몇백 배의 절망감이 몰아쳤다. 태수가 자신을 받아들일 것이라는 예상이 깨어졌다는 것을 믿을 수 없었다.

'이제 난 어쩌지!'

동네 소문을 들었는지 그녀의 적극적인 행동에 의심이

들었는지 모른다. 마음이 다급했고 어떻게 하든 그를 잡아야 한다는 조급함도 한몫했을 것이다. 어줍지 않은 계획을 눈치챈 것일까 부담스러웠을까 생각할 틈도 없이 좌절을 겪어야 했다.

연화는 나름대로 태수를 사랑하려고 했다. 이용가치를 생각한 것이 불손한 것일까. 인간은 누구나 계산을 한다. 병석의 행동이 괘씸했고, 자신의 험을 감추는 데는 희생적인 사랑만이 자신에게 구원의 길이 있을 것 같았다.

그런 자신의 마음을 헤아리지 못하고 태수가 떠난 것이다. 자신을 받아준다면 평생을 은혜를 잊지 않고 헌신하리라 결심했는데 원망스러웠다. 태수가 떠난 이유가 어디 있을까 하고 고민했다.

그날 이후, 연화는 태수를 기다리다 겨울이 갔다. 처마 끝으로 고드름 물이 눈물을 흘리고 있었다. 목마름으로 밤을 지새웠고 목이 빠지게 그를 기다렸다. 절실히 원하면 얻을 수 있다는 말은 역으로 절실히 원하는 것은 손에 들어오지 않는다는 걸 알았다.

지옥 같은 하루하루가 어둠에 잠겨있다. 긴 어둠의 터

널에 갇혀 헤어나지 못하고 있다. 오직 가상의 빛, _그_가 오기만 기다린다. 하지만 그는 오지 않는다. 또 한 주가 왔다가 갔다. 기다리는 만큼 힘든 일은 없다. '눈이 빠지게' 누군가를 그리워하고 기약 없이 기다린다는 것은 고통이었다. 인간이 직면해야 하는 가장 어려운 것 중 하나가 막연한 기다림이라고 생각했다. 그리고 또 한 주가 흘러갔다.

태수 소식을 들은 것은 두 주가 지났을 무렵이었다. 들리는 소문은 태수가 다른 곳으로 이동했다고 한다. 아무도 믿을 수가 없었다. 불면과 악몽이 거듭되었다. 잠 못 이루며 뒤척이는 밤마다 부모에게 버림받고 큰엄마에게 학대받았던 기억이 새록새록 떠올랐다. 자신의 몸뚱이를 탐하며 덤벼드는 사내들의 거친 숨소리에 가위가 눌렸다.

불공평

　연화는 점점 배가 불러오자 더 이상 임신을 한 일을 감출 수 없었다.

　"어느 놈이냐?"

　큰엄마가 눈치를 챘다. 다그치는 아버지에게는 누군지 어떻게 아느냐고 화를 내면서, 동리 사람들의 소문대로 태수 놈일 것 같다는 암시만 주었다.

　"도망간 놈을 어떻게 찾아서 무얼 해요."

　"그놈에게 보내야지."

　"년이 꼬리를 쳤으니 우리가 할 말이 어디 있어요?"

　큰엄마는 아버지에게 대들기까지 했다. 그 후, 큰엄마

는 연화에게 욕을 하거나 화를 내는 대신 서둘러 일을 처리했다. 동생 병석의 일을 짐작하고 있던 터라 수소문 끝에 돌팔이 낙태 의사를 찾아냈다. 아이를 가진 지 5개월이 지나서 낙태할 시기가 지났다. 그럼에도 읍내 돌팔이에게 낙태 수술을 시켰다. 그리고는 곧바로 노동으로 몰아넣었다.

연화의 연애 사건은 온 읍내에 소문이 났고 이를 계기로 큰엄마의 혹독한 징벌이 내려졌다. 괴롭힐 이유의 타당성을 확보한 것이다.

"누가 그 에미에 그 딸이 아니랄까 봐."

큰엄마는 끌끌 혀를 찼다.

"지 에미를 닮았지 행실을 보면⋯."

막말이 난무했다. 큰엄마는 아버지를 보며 그것 보라는 듯이 입술을 비틀고 비아냥거리기 시작했다. 초장부터 화냥기의 뿌리를 뽑아야 한다고 별렀다. 아버지는 큰엄마의 질타에 아무 소리도 못했다. 대신 딸을 향해 분노를 퍼부었다.

"집안 망신시킨 년!"

아버지라는 사람은 연화를 이 세상에 내던져놓고 고통을 주기로 작정을 한 사람 같았다. 아버지는 큰엄마보다 더 가혹했다. 자신이 사랑했던 여자, 춘심이 다른 남자를 따라갔다는 사실이 괘씸했을 것이고, 사랑과 배신, 증오도 한몫했을 것이다. 한때 너만 사랑한다고 춘심에게 더운 입김으로 말했을 그 입으로 이젠 딸에게 증오를 쏟아냈다. 그 뜨거운 입김에 속아, 아니 그 입김의 달콤함에 속아 엄마는 사랑을 불태웠을 것이다. 세상을 다 주어도 아까울 것 없는 사랑이라는 달콤한 마약, 이것이 영원했더라면 얼마나 좋았을까, 마약 주사보다 더 짧게 사라지는 유혹이었다.

아버지라는 사람은 자신의 출세와 가정을 위해 상처를 도려내려고 작심했고, 자신이 거두지 못하고 버린 여자였지만 마치 다른 남자가 있어 '얼씨구나!'하고 떠났을 춘심이 괘씸했을 것이다. 자신을 버린 여자에 대한 노여움으로 제 에미를 닮은 딸에게 분풀이를 하는 것이다.

아버지와 엄마에게 한때 불장난 같은 사랑으로 태어난 나는 골칫덩어리였다. 그들에게는 전 일생을 망친 원죄다. 눈앞에 혹처럼 붙어서 고통을 주는 웬수가 연화였다.

아버지라는 사람은 본처에게서 낳은 자식이 크고 있고 자신의 삶도 생각하게 되었다. 군의원을 기초로 중앙 정계에 진출하려는 야망도 갖고 있었다. 축첩은 결정적인 장애 요소였다. 여성 유권자들의 입김이 작용하면 선거에서 표를 얻기 어렵다. 자신의 출세를 위해 이기적인 결론을 내렸음에도 눈엣가시처럼 눈앞에 알짱거리는 원죄의 씨앗인 연화의 존재를 지울 수 없어서 초조했다.

연화는 자신의 예쁨을 잊었다. 오히려 예쁘다는 것이 죄가 된다는 것을 알고 자신의 외모를 저주했다. 좀 못생겼으면 덜 미움을 받았을까. 그건 모를 일이다. 눈에서 눈물이 마를 날이 없었다.

연화의 세상은 존재하지 않았고 주변 사람들을 위해 감쪽같이 사라져 주어야 하는 존재다. 하지만 주어진 생명이 억지로 끊기도 어려웠다. 태어난 일은 타인에 의해서겠지만 생명을 없애는 일은 자신이 스스로 해결해야 한다. 결자해지(結者解之)할 사람들은 따로 있는데, 이런 개 같은 일이 어디 있단 말인가.

연화는 재수 없게도 악독한 주인을 만난 '개' 같은 신세였다. 이유도 모른 채 분풀이 대상이 되어 매를 맞으며 주인의 눈치를 보는 개, 언제 끝날지도 모르는 학대에 대처하기는커녕 무조건 자기를 때리는 주인에게 매달려 살아야 하는 '개' 신세가 이럴까? 서러울 때면 자신의 신세가 '개' 같다는 생각했다. 막연하지만 누군가 자신을 측은하게 바라보는 사람이 나타나서 자신을 구출해줄 때를 기다려야 했다.

버림받은 암컷은 수컷에게 거절당하기 전에 먼저 수컷을 차버린다. 춘심은 남편 정수가 자신을 버릴지 모른다는 생각을 했을 것이다. 이미 본처에게 들통이 난 마당에 버티기 어렵다는 것을 알고 있었다. 암컷은 새끼를 낳아 기르는데 수컷보다 많은 투자를 한다. 그런 맥락이라면 춘심이 연화를 키우는 과정에서 많은 희생을 치렀다. 어떤 상황에서도 암수 어느 쪽이든 먼저 상대를 버리는 쪽이 유리하다. 남겨진 배우자는 가혹한 속박을 당한다. 암수 어느 쪽이든 다음과 같은 판단을 내릴 수 있다.

나를 버린 아버지는 이렇게 생각했을 것이다.

'자식이 충분히 컸기 때문에 자신과 춘심, 둘 중 누구든

한 쪽에서 키울 수 있다고.

아무리 논리적으로 생각해도 처음부터 자식을 버리도록 촉구하는 유전자는 없을 것이라고 생각한 것 같다. 인간으로서는 배우자가 배신할 것을 알았다면 이라는 말이 먼저 전제되어야 한다.

춘심은 무의식중에서 사람의 내면에 존재하는 유전자의 습성을 몰랐다거나 알았다고 하더라도 어쩔 수 없는 상황에 내몰린 것이다. 학자들이 인간의 유전자 중 들어 있는 것을 배우지 않았어도, 또 분석해 보지 않았더라도 그렇게 생각했을 것이다. 이론이야 어찌 되었든 자신이 살길을 찾아 행동한 것일 뿐이다.

춘심은 연화를 아버지에게 보내면서 한 가닥 기대를 했을지도 모른다. 자신의 새끼이고 예쁜 딸을 모른 척 구박만 하지는 않을 것이라고, 자기 마음이 편할 대로 생각했다.

아버지라는 사람은 연화의 기대와는 달리 큰엄마 앞에서 더 심하게 보란 듯이 딸을 학대했다. 엄마와 살 때 살

갑게 대했던 아버지는 어쩌다 연화와 눈이 마주치면 기겁을 하고 눈길을 피했다. 혹시라도 큰엄마가 볼까 봐 겁을 내고 있었다. 한 번쯤 아무도 몰래 딸의 머리라도 쓰다듬어 줄 줄 알았다. 아무도 없을 때도 사방에 CCTV라도 달려 있는지 그는 연화 근처에도 오지 않았다.

춘심은 두려워하는 어린 딸을 달래서 제 아버지에게 보내놓고 잠을 잘 수 없었다. 하지만 우선 자신을 생각해야 했다. 며칠이 멀다 하고 집에 큰마누라가 쳐들어와서 세간을 때려 부수고 머리채를 잡히는 삶은 정말 못 당할 짓이다. 새 삶을 살아야 한다는 것도 안다. 하지만 이젠 다방이나 유흥업소에 나가는 일도 접어야 한다. 나이가 들면서 한계를 느꼈다.

엄마는 남편의 대한 복수심도 아주 없는 것은 아닐지도 모른다. 다만 자신의 내면을 구체적으로 보지 않았을 뿐. 연화를 보면서 평생 본부인에게 들볶여야 한다. 바람 핀 흔적, 증명이 눈앞에 있는 한 그는 자유롭지도 못할 것이고 괴로울 것이기 때문이다.

꼭 복수만도 아니었다. 자신이 살아야 한다. 그리고 새로운 사랑을 찾았기 때문이다. 엄마로서 사명감도 중요하지만 여자로서의 삶도 중요했다. 독립운동을 하다가 죽은 남편을 위한 일도 아니고 다만 젊을 때 일시적으로 이용당한 동물적 사랑 때문에 희생하며 살 수는 없는 일이다. 남편이 죽은 것도 아니고 어떤 명분도 없이, 지킬 사랑도 없이, 그저 딸을 위해서 살 수만은 없다.

우선 자신은 아직 여자였다. 밤마다 남자가 그리웠고, 달아난 남자에 대한 복수심도 있었다. 그는 본처와 잘살고 있는데 경제적으로 도움도 받지 못하고 혼자 희생할 수는 없는 일이다. 그래서 선택한 것이 재혼이었다. 젊은 남자는 자신의 부모에게 여자가 자신보다 나이는 조금 많아도 혼자라는 것을 강조했다. 애가 달린 것이 아니라고 강조했다. 그런 조건으로 결혼을 하게 된 것이다. 연화는 이 세상에 없는 사람으로 알고 있고 그렇게 속여야 결혼이 가능했다. 엄마라서보다 여자로서 어쩔 수 없는 선택이었다.

교회를 다니는 큰엄마는 주일이면 연화에게 산더미 같은 일을 시킨 후 교회에 나가서 봉사한다. 다른 사람들은 주신 생명에 감사할 시간이지만 연화에게는 합법적인 노동의 날이다. 넘치는 식욕만이 자신이 살아있음을 증명하는 것 같았다.

큰엄마의 기도 제목은 무엇일까. 남편이 그 여우 같은 년을 버리고 돌아와 준 것에 감사기도를 하는 것일까. 남편이 미울 때마다 때릴 연화가 있어, 분풀이 할 그녀가 있어 통쾌했을까. 남편이 미울 때마다 연화를 들볶는 일에 복수를 한다는 생각이 들었을까. 남편이 연화를 볼 적마다 도끼눈을 뜨는 것을 보고 마음이 편했을까. 이젠 그 여우 같은 첩년을 잊은 것 같아 마음이 놓였을까.

아버지는 큰엄마에게 들볶이면서 연화를 저주했을지도 모른다. 바람을 피운 흔적만 없었으면 덜 고통을 당했을 텐데. 떡하니 눈앞에 버티고 있는 연화로 인해 평생 십자가를 져야 한다. 그러니 웬수덩어리가 아니고 뭔가.

큰엄마는 남편이 자신에게 꼼짝 못 하고 당하는 것이 좋았을지도. 자신의 지위가 올라가고 마음대로 할 수 있는 전권을 받아서 행복할까? 첩년이 낳은 계집아이를 첩년 대신 들볶으면서 원수를 갚는다고 생각하는 걸까? 큰엄마는 죄를 갚으려면 아직 멀었다고 방망이로 머리를 강타한다. 증오를 실어서 때리는 매는 독기가 더해서 몇 배로 강한 힘을 발휘한다. 무릎을 끌어안고 통증을 이기지 못해 뱅글뱅글 도는 연화를 보며 통쾌했을까?

"새끼가 무슨 죄가 있나?"

그 잔인함에 이웃 아주머니가 혀를 찼다. 그 말을 듣던 큰엄마가 샐쭉했다.

"그쯤은 나도 알고 있어요. 나도 새끼 키우는 애미인데… 하지만 저 애의 눈만 보면 미치겠고 분노가 끓어오르니 어쩌지요? 남들은 맑은 호수를 닮은 눈이라고 하지만 저 천연한 눈으로 남편을 유혹한 일을 생각하면 피가 끓어올라! 나도 어쩔 줄 모르겠어."

"허긴. 돌부처가 돌아앉는다고 하는 말이 있으니."

"눈이 저렇게 젖어 있으면 좋지 않아."

"저 물기 많아 보이는 눈, 겁 많아 보이는 눈에 빨려 들어가는 남자들은 신세 망치는 일이지."

큰엄마는 연화 엄마의 눈을 보며 그녀 곁에 있으면 누구든 파멸한다고 믿었다. 남편도 그 눈에 현혹되어 당했을 것이다. 남자를 불행으로 몰아넣는 근원이 바로 저런 눈, 검은 눈에 물기가 남자들에게 애달파 보이는 눈이라고 큰엄마는 생각한 것 같았다.

　한 남자가 있다. 그가 한 여자 자신만을 사랑해야 한다는 것은 누가 정해 놓은 것일까. 정한 법대로 살아가면 될 것을. 그는 왜 다른 여자를 넘봐서 스스로 자멸의 길을 갈까? 그 여파로 주변 사람들 자신만 사랑한 줄 아는 조강지처, 사랑에 눈이 먼 두 번째 여자, 첩이라는 굴레. 그녀도 첫 번째로 만났다면 아무 이유도 없이 행복하게 살았을 것이다. 시간의 차이로 나쁜 여자로 전락한 운명이다.

　연화는 혼자 부엌에 앉아 생각했다. 큰엄마는 나를 학교에 보내는 것으로 의무를 다해야 한다고 생각한다. 적어도 아버지에게 자신이 최선을 한다는 증거이기도 했다. 할 말이 있어야 하겠기에 말이다. 그래도 양심은 있는지 죄라는 것은 알았는지 아버지가 없을 때만 매질을 했다.

　저녁에 들어온 아버진 딸 앞에서 큰엄마에게 고마움을 표시했다.

　"당신 수고하는 것 알아."

학교 선생님들은 눈물을 머금고, 깊은 절망을 담고 있는 연화를 측은하게 여겼다. 웃음을 잃은 그녀, 그 눈을 보면 애처로워 끌어안고 토닥여주고 싶어진다고 했다. 촉촉한 물기가 도는 까만 눈은 연민을 불러오고 가슴이 시리게 만든다고도 했다.

연화는 누구를 쳐다보지 못했다. 얼굴의 반을 차지하는 커다란 눈, 다들 예쁜 눈이라고 했지만 큰엄마는 저주를 불러오는 눈이라는 것을 강조했다.

"제 에미를 닮아 물기 있는 눈은 남자를 집어삼키는 팔자 쎈 년의 눈, 보고 있으면 눈을 쿡 찌르고 싶다."고 한 말을 큰엄마에게서 들었다. 연화는 존재하는 자체가 큰엄마에게는 저주의 대상이었다. 남편을 뺏어간 첩년 딸, 엄마와 동격인 죄인이었다.

"남자 쫓아다닐 생각하지 말고 일이나 열심히 해."

큰엄마의 명령이다.

"아니에요."

연화는 말하고 싶은 것을 삼켜야 했다.

슬픔

첩이 낳은 딸을 볼 때마다 아무리 미워하고 학대를 해도 분이 풀리지 않는다는 큰엄마의 넋두리는 살기가 느껴졌다. 그러면서 생각했다.

'당신이 원하는 대로 해줄게.' 언젠가 자살을 할 결정적인 순간이 다가올 것이다. 그 생각으로 여태까지 목숨을 부지했다. 그 순간이 지금이다. 연화는 늘 자신의 몸이 거추장스러웠다. 결과 자신을 스스로 없애야 한다는 결심을 한 것이다.

신조차도 그녀와 같은 상황에 처해 있다면 어떻게 처신해야 할지 실존적 질문을 하지 않을 수 없을 것이다. 신은 자유의지라는 개념으로 자신의 책무를 회피한다는 생각을 버릴 수 없다.

"신이 없다면 모든 것이 허용된다."

도스토옙스키가 한 말이다.

난폭한 운명 화살의 타격을 견뎌내는 것이 삶을 살아내야 하는 의무인지 아니면 고통의 바다에서 저항하며 그래도 희망을 바라는 것이 더 가치 있는 일인지 모른다. 아니면 그 반대로 고통을 끝내는 것이 더 편한 것인지 결정해야 한다. 그건 자살이 개인의 선택이지 신과는 무관하다는 생각이다.

신에 대해 좋고 나쁨은 모른다. 신은 애초에 그녀에게는 그다지 중요하지 않다. 왜냐하면 고통을 준 것은 사람이지 신이 아니기 때문이다. 자살을 하든 살든 어느 쪽을 결정해야 하는가는 자신의 선택이었다. 생명이 있는 한 지워버릴 수 없는 운명이라면 살아서 평생 겪을 필요가 없다는 생각에서다.

'죽자! 이 길이 내가 선택할 최선의 길이다.'

연화는 병석에게 겁탈당한 후 줄곧 생각했다. 이제

남은 것은 스스로 목숨을 끊어야 한다는 사실이다. 이 몸뚱이를 그대로 두었다가는 앞으로 더 어떤 일을 당할지 모른다. 저주스런 삶을 마감해야 한다고 비장한 각오를 했다.

그것도 다른 사람이 아닌 자신을 눈엣가시보다 더 미워하는 큰엄마의 동생이라니! 치욕을 견딜 수 없었다. 치욕도 문제지만 큰엄마로부터 어떤 형벌이 내려질지 모르는 처지다. 더 이상 고문은 그녀 몸이 받아들일 수 없을 것 같았다. 말초신경을 건드리는 매질이나 노동 등 느낌을 통제하는 방법은 없다.

칼날 위에 올라서서 곡예하듯 살고 있는 연화에게 언제 그 칼날에 베어 죽을지 모르는 처지에 더 깊은 상처를 안겨준 사람은 병석이다. 곧 생명이 끊어질지 모르는 상황이다. 아니 스스로 생명을 끊어야 한다.

연화는 검은 하늘을 올려다봤다. 지금까지 반짝거리던 별이 스르륵 사라지자 그 옆에서 다른 별이 깜빡거린다. 그것도 이내 사라지고 또 다른 별이 깜박거리기 시작한다. 잠시 반짝거리던 별도 사라지는구나! 사람의 생명도 마찬

가지일 테지 그러나 세상은 자신이 없어져도 빛나는 생명은 영원히 존재하겠지, 그렇게 생각하니 눈물이 난다.

그것이 나와 무슨 상관이란 말인가. 한가하게 그런 생각할 처지가 아니다. 그저 편안하고 싶다. 죽으면 아무 고통도 없이 나른하게 늘어지다가 생각 자체가 없어지는 편안한 세상으로 돌아가겠지. 지금은 편안해지고 싶다는 생각뿐이다. 절실했다.

그동안 모질게 참고 살아온 삶을. 그 줄다리기 삶에 도화선에 불을 지른 것은 병석이었다. 병석이 군대로 가버린 날 그녀는 밖에 있는 변소로 향했다. 새끼줄을 손에 들고서. 반쯤 담긴 오줌통을 잿더미 위에 붙고 뒤집어 놓고 올라섰다.

죽음 너머에는 어떤 세상이 있을까? 엄마와 있을 땐 생각해 보지 않았지만 늘 머릿속에서 지워지지 않는 의문이었다. 책에서 죽음의 문턱에서 살아온 사람들의 이야기를 들었지만 사람마다 달랐다. 어떤 터널 속으로 들어갔고 그 긴 터널을 건너자 환한 불빛이 보였다고 그 터널을 벗어나자 넓은 들판에 꽃들이 만발한 낙원이 있었다고.

그런데 왜 그곳에서 살지 않고 이 세상으로 왔는지에 대한 물음은 아무도 대답해 주지 않았다. 그 좋은 곳을 두고 고민과 위악이 판치는 세상으로 귀환한 것이 잘한 일인지, 왜 행운이라고 생각하는지 알 수 없었다. 다만 갑자기 어떤 음성이 들려서 너는 아직 이곳에 올 시기가 아니라고 했던가? 꿈속처럼 '지금 나는 죽어 있구나!' 하는 어렴풋한 의식이 남아있었다는 것이다. 이 세상의 기억을 모두 잃어버리지 않고 연장 선상에서 느끼고 들었다고 한다.

연화는 새끼줄을 목에 걸고 서까래 사이로 줄을 끼어놓고, 잠시 생각했다. 내가 사라지면 누군가가 가장 좋아할까. 큰엄마, 아버지 그리고 우리 엄마, 애물단지인 연화가 사라진다면 좋아할까.

우선 큰엄마는 동리 사람들에게 손가락질을 당할 것이다. 남편이 밖에서 낳아온 딸을 죽도록 구박을 해서 죽게 만든 장본인이라고. 제 새끼를 생각해서라도 그렇게 하면 다음에 제 자식도 잘될 일이 없을 거라는 저주를 들어야 한다. 의붓딸을 죽게 만든 장본인으로서 무서운 년이라는 주홍글씨가 평생 따라다닐 것이다. 그 점을 생각하면 연화는 통쾌까지는 아니라도 나를 괴롭힌 사람들은 벌을 받아야 한다는 것은 당연하다. 죽어서도 큰엄마를 저주할 것이라고 생각한다. 그녀가 고통을 받을수록 좋은 것이다.

아버지라는 사람의 입장은 어떨까? 처음엔 가슴이 아플까? 제 새끼니까. 하지만 시간이 지나면 자신을 잊혀질 것이다. 가장 빨리 잊을수록 새 출발 하기 좋아서 다행으로 생각할 사람이다. 과거에 사로잡혀 평생을 시달릴 근거가 사라지면 족쇄에서 벗어날 인간이다.

병석은 자신이 얼결에 저지른 일로 한 여자가 죽었어도 그때뿐 새로운 인생을 찾겠지. 그럼 친엄마는 어떨까. 그녀는 가슴에 한을 안고 살아갈 것이다.

어찌 되었건 가장 배신감에 치를 떨 사람은 큰엄마다. 그런데 따지자면 큰엄마 잘못도 아니다. 남편의 잘못을 대신 짊어진 것에 불과하다. 누가 더 고통스럽던 상관이 없다. 그들이 가진 양심에 따라 벌과 잊혀질 권리는 자신들의 무딘 가슴들이니까.

그런데 나는 과연 이 고통에서 희생을 치러야 할 만큼 죄를 지었는가? 가장 억울한 사람은 내가 아니던가? 참을 수 없는 고통, 언제 끝날지 모르는 고통을 감내하기 어려웠다. 누구를 위해 죽음을 선택하는 것도 아니다. 오직 하루하루가 너무 힘들고 아파서 내 스스로 피하고 싶을 뿐이다.

아! 두려움이 끝이 나려면 죽어야 했지만 두려움 속에서도 생명은 살고 싶다고 아우성을 치고 있었다. 그럼에도 죽음에 대한 두려움을 떨쳐내고 생명을 사라지게 해야 하는 방법밖에 없다. 죽는 것이 우선이다.

새끼줄이 잘 들어가지 않아 낑낑거리다가 겨우 목에 걸었다. 그리고 발판을 걷어찼다. 망설이다가 마음이 변할지도 모르는 일이다. 덜컥 발판이 밀려났다. 이윽고 눈앞이 캄캄해지고 노란 별들이 눈앞을 빙글빙글 돌아다니더니 잠시 후에 암흑의 세계가 다가온다. 아무것도 없는 무의 세계로 들어선 것이다. 긴 터널 끝에 빛줄기는 아예 존재하지 않았다. 이게 끝이구나 하는 생각이 잠시 스쳐 지나가면서 그리고 아무것도 없었다.

얼마쯤 시간이 흘렀는지 모르지만 아버지의 무서운 얼굴이 눈앞에 보였다. 처음에는 지옥까지 따라온 것이 아버지인가 하는 생각이 들 정도였다. 나중에 들은 말로는 한밤중에 소변을 보러 나온 아버지가 목을 매고 늘어진 연화를 발견한 것이다. 모진 목숨은 끊어지지 않았던 것이다.

목이 졸려 생각이 희미해지고 있을 때 인기척이 나고 누군가 들어왔다. 나는 그때 이것으로 이 세상이 마지막이구나 어렴풋이 생각이 들다가 멈춰버린 것 같았다. 머릿속에 별이 움직이듯 하다가 깜깜한 암흑으로 변하고 생각도 없어진 무의 세계가 죽음이었다.

그때 희미하게나마 죽으려던 내 결정에 후회했을까? 아니면 편안했을까? 그런 생각을 했던 것 같다.

목을 매는 순간 입을 벌렸는지 아니면 무슨 소리가 났는지 들린 것 같기도 했다. 몸뚱이가 공중으로 들리어지고 뒤뜰로 끌려갔다. 캄캄한 밤이었다. 어디서 찾았는지 아버지 손에는 무지막지만 작대기가 들려져 있었다. 씩씩거리면 중얼거리는 말소리가 귓가에 들렸다.

아버지에게 따귀를 맞고 정신이 들었을 때 지옥에서도 매를 맞는구나 하는 생각을 잠시 했던 것 같다.

"이 년이 집안 망신을 시키려고 작정을 했구나."

지게 작대기로 무작정 두들겨 맞았다. 입은 볏짚으로 틀어 막힌 채다. 불문곡직하고 씩씩거리며 매질을 하는 아버지. 짐승도 그러지는 않을 것이다. 우선 따뜻한 방에 뉘어 놓고 나서 왜 그랬는지 안쓰러워할 줄 알았다. 그런데 매질 부터라니? 인간이 이래도 되는 일인가? 자신의 체면만 중시한 아버지라는 남자는 역지사지를 모르는 사람이었다.

동화 속에서 왜 아버지들은 사라지고 없는가. 겨우 존재하는 것은 심청전뿐이다. 그것도 딸을 희생시켜 자기 이익을 챙기려는 무자비한 애비. 효를 강조해서 딸의 목숨을 요구한 비정한 아비로 존재할 뿐이다.

왜 딸이 죽으려고 했는지 한 번쯤은 생각해 볼 일이 아닌가. 자신만을 생각하고 딸의 자살이 자신 출세길에 해가 될 것을 걱정할 뿐이다. 딸의 죽음에 대해 해 볼 생각도 없는 것 같다. 그러고 보니 책임질 사람은 아버지다. 엄마를 사랑한다고 해놓고 버린 죄로부터 나를 태어나게 한 것 모두가 그가 저지른 죄이고 그가 책임질 일이었다. 태어날 때부터 같은 행위에 대해 여자만 책임을 져 왔다.

연화는 자신이 짓지도 않은 죄, 책임져야 하는 죄를. 존재 자체가 죄가 되는 일을 당하고 나니 살 가치를 잃어버린 것이다.

죽는 것도 마음대로 되지 않는다. 자신들의 체면 때문에 살려두고, 또 필요에 의해 노동을 시키면서 남 보기에 잘 자라 주기를 바란 것이다. 구박한 흔적이 나지 않아야 한다. 하루 내내 신에게 또는 어떤 초월자에게 간구하다 보면 자신에게 혐오감이 들기도 한다. 왜 세상에 태어나서 이렇게 고통스럽게 살게 되었을까? 죽는 것이 훨씬 행복할 것 같다. 우선 매를 맞을 일이 없는 세상을 원한 것이다. 아픔이란 매를 맞아 본 사람만이 알 수 있는 일이다. 아무짝에도 쓸데없는 생명, 살아있음이 끔찍하다.

막연히 태어남을 저주해 봤자 무슨 소용인가. 죽음을 경험한 후 그래도 숨을 쉬고 있는 자신을 발견한다. 목을 쓰다듬는다. 그래도 숨을 멈추는 것보다 숨이 쉬어지는 것이 편안하다. 이 찌질한 생명도 삶이라고 숨을 쉬고 있구나!

그렇다면 당분간은 살고 있게 되겠지, 숨을 쉬는 한. 일시적인 숨을 멎는 고통을 알고부터 숨을 쉬게 된 것이 덜 고통스럽다는 것을 몸은 받아들이고 있었다. 끝까지 가보는 수밖에. 끝이 어디인지 모르지만 만약에 살아남는다면, 그땐 반드시 복수하리라. 나를 고통에 구렁텅이로 몰아넣은 인간들에게. 그렇게 하지 않고는 살 가치가 없다는 결론을 내린다.

자연은 귀머거리다. 신은 무관심하다. 어떤 힘으로도 더더욱 인간의 힘으로는 어떤 법칙이다. 운명도 바꿀 수 없다는 것에 절망한다. 이 절망감에 빠져 현기증을 일으키며 길모퉁이 나무에 기대어 아무런 생각도 계획도 없이 이 세상에 사라져 버리기를 갈망한다.

그러다가도 지금 여기에 있는 것, 지금껏 살아있는 것, 그 자체가 위대한 신이? '혹시'라는 것에 대한 믿음이 그녀의 본성 깊은 곳에서 물밀 듯이 솟아오르기도 한다. 살고 싶은 욕망인가 보다.

—징벌

아버지의 집은 방앗간을 하고 있었고, 아울러 국수집도 겸하고 있었다. 죄의 대가로 연화에게 국수 만드는 일을 감당해야 했다. 일거리가 산더미처럼 많았고, 해도 해도 끝나지 않았다.

하루 종일 구슬땀을 흘리며 국수틀을 돌려야 했다. 밀가루 반죽을 국수틀에 넣어 국수가 되기까지 연화는 기계와 전쟁을 치렀다. 국수기계에 땀방울이 떨어지고 그 결과 건조실에 널어 말리면 한판의 작업이 끝나는 것이다. 다시 쉴 틈도 없이 또 밀가루 반죽을 통에 넣고 롤러 손잡이를 잡고 돌리는 일은 온몸 체중을 실어 매달려야 했다.

연화는 도둑질을 해서라도 감옥에 가고 싶었다. 그러면 최소한 이 지옥은 벗어날 수 있지 않겠는가. 그곳에서는 이처럼 힘에 부치는 노동은 없을 테니까.

차라리 도둑질을 해서 감옥에 가는 것이 나을 것이다. 그렇다면 당장 무엇을 훔칠 것인지 생각이 나지 않는다. 돈은 큰엄마가 단단히 감추어서 어디 있는지조차 모른다. 이웃집에서라도 훔칠 물건이 있다면 그래야 한다.

그렇게 하고 싶다. 쌀이건 곡식을 훔친다고 해도 큰엄마는 나를 감옥에 보내지 않을 것이다. 자신들 입장을 먼저 생각할 테니까. 연화의 일이 동리에 소문나는 것을 원치 않는다. 이웃에서는 무엇이든지 연화를 가엾게 여길 것이다. 오죽하면 도둑질을 할까 하고 동정할 것이다.

176

그러면 화냥년에서 도둑년까지 죄가 하나 더 늘어날 것이다. 아버지에게 더욱 더 구박을 당할 것이다. 이도 저도 벗어날 길은 없어 보인다.

임신 사건 이후, 큰엄마는 합법적으로 연화를 들볶을 기회를 얻어 종일토록 국수 뽑는 일을 시켰다. 매 순간 기를 쓰고 매달려야 하는 노동은 벌을 주는 방법 중 최상이다. 끝도 없는 노동은 죄를 진 여자에게 가해지는 벌로 당연했다. 누가? 왜? 죄와 벌을 주라고 전권을 주었단 말인가. 연화의 존재, 행동은 당연했고 가중처벌이 된 셈이다. 자신의 의지도 아닌, 신이 준 원죄 때문에 태어난 여자가 치러야 하는 죗값이다.

중학교 3학년인 연화를 자퇴시켰다. 그리고 장정이 해도 힘겨운 기계를 돌리게 했다. 젊은 일꾼을 두어도 몇 달을 버티지 못하고 나가버리는 일을 연화에게 시켰다. 큰엄마는 딸이 아니라 영원한 연적으로 생각하고 있다. 연적에게 연민이나 인간성이 있을 턱이 없다.
어리석은 짓을 한 걸 후회했다. 바른대로 병석이 한 짓이라고 말했으면 덜 고통을 받았을까. 그 당시는 먼저 꼬리를 쳤다고 몰래 죽일지도 모른다고 생각했다. 그랬어도 바른대로 말했어야 했다.

연화는 그럴 때마다 엄마와 아버지를 떠올렸다. 내가 큰엄마 집에서 환영받지 못 할 거란 걸 알았을 텐데. 그런데도 모른 척하고 보낸 엄마라는 사람에 대한 분노가 치밀었다. 내 인생에서 가장 먼저 징벌 대상 1호다. 자신만 편히 살려고 새 연인을 따라 숨어버린 엄마.

다음은 아버지에 대한 저주다. 자신의 딸이 모진 고문을 받고 있는데도 나 몰라라 하는 아버지는 동물만도 못한 인간이다. 직접적인 고문자인 큰엄마는 물론이고 언제고 엄마와 아버지에게 내 고통을 돌려주고 싶다는 생각을 한다. 먼 훗날 내 엄마라는 생각은 하지 않을 것이다. 연화에게는 '엄마'란 존재하지 않은 단어다. 다시는 자신의 입으로 부르지 않는 것이 그녀가 할 수 있는 복수라고 생각했다.

—운명의 대 물림

연화의 외할머니는 민며느리로 시집을 갔다. 어린 나이에 산골의 결혼 못 한 노총각에게 시집을 간 것이다. 친정에서는 입을 줄이자고 허락된 일이다. 성장기인 열세 살 어린아이는 낯모를 집으로 가서 모든 고통을 참았다. 노총각이 밤이 되면 어린 소녀를 여자라고 성폭행을 했다. 밤이 너무 무서워 광이나 부엌 한구석 땔감 속에 숨어 있으면 시어머니가 혼을 내며 아들 방으로 들여보냈다. 상처가 낫기도 전에 당하곤 하는 지옥 같은 시간이 지나 그것도 인생이라고 시간은 지나갔고, 아이가 생기고 나서 조용해졌지만 서로 좋아하는 사이가 되자, 시어머니는 남편을 밝혀 아들이 힘이 든다고 제동을 걸곤했다. 바빠야 서방 생각이 덜 난다고 새벽부터 일거리를 준비한다. 굳이 일거리를 찾는다기보다 주변은 일이 많았다.

　여름이면 겉보리를 절구에 찧어 점심을 해야 한다. 아침부터 가느다란 팔로 쉬지 않고 비지땀을 흘려도 보리밥이 되기까지 시간이 촉박했다. 겨울이면 목화를 실로 만들고 실을 짜 옷을 만들고 무명천이 될 때까지 해야 했다. 목화솜을 물레에 걸어 실을 내어 옷감을 만들고 그것으로 베틀에 걸어 밤새 명을 짠다. 저녁은 죽으로 때우고 나

면 밤이 되기도 전에 배가 고프다. 그런 세월을 거쳐 아이
들을 시집장가보내면 행운이 와야 하는데 평생 고생만 한
여자의 일생은 병이 든다.

한숨 돌려 쉬게 해 줄만하지만 몸은 병이 들어 인생은
끝이 난다. 여자로서는 물론이고 어머니로서의 인생도 허
무하다. 자식들 머리에 희생한 어머니로서 존재할 뿐이
다. 뼈가 녹도록 고된 노동으로 받은 어머니라는 이름의
훈장으로….

—임신 중절

큰엄마가 연화를 끌고 간 곳은 어느 일반 주택이었다.
집안으로 들어서자 여자들이 여럿 있었다. 그중 젊은 여
자가 안으로 안내했다. 높은 의자로 올라가 누우라는 지
시대로 누웠다. 발을 하늘 높이 치켜든 채로.

마취도 없이 부끄러운 부분에 가위처럼 생긴 스테인리
스 기구가 여러 개 들어가고 나서 항문 쪽으로 조이고, 조
인다. 얼마나 아픈지 이를 악물고 참으려 해도 아! 소리가
저절로 나온다.

수술한 몸을 추스를 새도 없이 어떻게 집으로 왔는지

모른다. 아픈 몸을 끌고 방 안에 누우니 눈물이 앞을 가렸다. 어떻게 살아야 하나? 이 망가진 몸을 가지고 앞으로 정상적으로 살아갈 수는 있을까? 이젠 살 희망 같은 것은 사라지고 없다.

몸이 갈가리 찢기고 이젠 마음까지 서글프다. 이제 열다섯 살에 몸을 산산 조각낸 여자가 되었으니 아무도 나를 사랑하는 사람은 없을 것이고, 큰엄마의 멸시와 노동으로 평생을 죄인이 되어 살 수밖에 없다. 쓰레기처럼 버려질 신세다. 몸은 아프다고 아우성쳐도 피할 방법이 없다. 어떻게 살지?

—삼손의 저주

연화는 매일 바쁘다. 친구인 명자가 와도 이야기할 틈도 없다. 가끔 명자가 와서 연화의 일을 도우면 그때야 이야기할 수 있었다. 그날도 명자가 찾아왔을 땐, 그녀는 퉁퉁 부은 몸으로 국수틀을 돌리면서 안간힘을 쏟고 있었다. 열여섯 살 소녀가 하기에는 힘에 부쳐 뻘뻘 땀을 흘리고 있었다.

"얼굴이 많이 부었네."

아무리 원하지 않은 임신을 했더라도 쉬게 했어야 했다.

"연화야, 내가 좀 돌려 볼까."

명자가 국수틀을 잡고 돌려 보았으나 움쩍도 하지 않는다. 깜짝 놀라 연화를 쳐다본다.

"이렇게 무거운 것을 네가 어떻게?"

명자가 연민의 시선을 던지자 연화는 눈물을 쏟아냈다. 명자를 보면서 순간 연화는 축복받은 생명과 실수로 태어난 자신을 비교해 봤다.

지금도 그때 생각이 난다.

'삼손과 데릴라'라는 영화를 봤을 때 삼손은 바로 나였다. 한때 잘못으로 목에 밧줄을 걸고 맷돌을 돌리고 있는 삼손. 끝도 없는 형벌로 커다란 말 두 마리가 끌던 맷돌을 삼손에게 끌도록 벌을 내린 것이다. 삼손의 절규, 죽어지지도 않는 영원할 것 같은 형벌이다. 영화에서는 신이 그의 기도를 들어주어 성곽이 무너지고 세상을 벌했다. 하지만 연화는 아무리 절규해도 신은 꿈적도 안 했다.

인간은 영원히 살 것처럼 생에 대해 무지하다. 만약 인간의 바람대로 죽지 않는다면? 보르헤스의 철학은 인간의 속성에 반대되는 가설을 만들어 생각하게 한다. 인간 욕망에 대한 시각은 참으로 새로운 도전이다.

인간은 살기 위해 태어났다. 하지만 영원히 죽지 않는다면? 마치 아이들 놀이에서 하나 둘 셋 이대로 멈춰라 게임이 있다면? 한 인간이 어떤 고통의 순간을 당하게 되고 그 상황이 영원하다면? 한 사람이 어떤 연유로 사막에 던졌다고 치자. 그는 자해를 하거나 죽을 수도 없다. 그런데 갈증이 그를 엄습한다면?

그 자리에서 그 순간이 영원하다면 얼마나 끔찍한 벌이 될지 생각만 해봐도 끔찍하다. 영원한 고통. 희망도 없이 이 고통이 영원하다면? 그때 아무리 고통스러워도 죽어지지 않는 현실에 절망할 것이다.

연화의 희망은 이 고통이 지나가려면 죽어야 한다는 것을 알고 있었다.

지금 생각해봐도 진저리가 난다. 고통뿐 아니라 즐거울 때도 마찬가지일 것이다. 혹 사람들은 사랑하는 남녀가 섹스를 할 때 즐겁다고 생각한다. 물론 잠시면 행복하겠지? 그러나 죽지 않고 영원히 그 짓을 해야 한다면 얼마나 지겨울까? 지겨움이 아니라 고통에 버금가는 지옥을 경험하게 될 것이다.

다시 그때로 돌아가 생각해 본다.

하루하루가 지옥이었다. 애벌 밀가루를 적당히 버무려 홈통에 넣고 손잡이로 돌리면 넓적한 판으로 밀려 내려온다. 밀가루 반죽이 되직해서 그것을 여러 번 반복해서 밀도가 강해져야 국수가 끊어지지 않는다. 밀도가 강할수록 사람의 팔의 힘을 요구한다.

모든 것을 수동으로 해야 하므로 온갖 힘을 모아야 한다. 처음 반죽은 더욱 힘이 든다. 체중을 실어 매달리다시피 해야 손잡이가 돌아간다. 끙끙대며 천천히 하는 기미가 보이면 어느새 국수 널던 나무채가 머리에 날아온다.

"명자야. 너는 막대기로 세게 머리를 맞아 본 적 있니?"

"많이 아프겠다."

"우리 아버진 지나가다가 게으름 피운다고 국수 널던 막대기로 내 머리통을 내려쳐. 머리를 맞으면 머리통이 깨지는 것 같아. 몸 전체로 퍼지는 통증, 머리가 멍해지고 그 통증은 말로 다 못해."

"왜? 네 큰엄마도 아니고 아버지가?"

"화냥년이라고 마구마구 때려. 마치 화냥년은 죽어도 싸다고 하는 말을 들었어."

"어마. 죽어도 싼 사람이 어딨어. 자기 딸인데."

"몰라, 아마도 나를 구박하고 학대할수록 큰엄마가 좋아하나 봐."

"이 롤라틀 되게 무겁다."

"롤라틀에서 여러 번 돌려줘야 좋은 국수가 되거든. 탄탄한 반죽을 국수틀로 옮겨서 가는 국수로 나오도록 하고 그것을 그늘에서 걸대에 널어 말려야 해."

저주는 반복해도 쉴 수 없다는 것이다. 장사가 잘 되어서 팔려나가기 때문이다.

"도망가거나 죽으면 끝나겠지."

"그래도 죽지는 말아야지."

말은 그렇게 했지만, 명자로서는 어찌할 바를 모르긴 마찬가지다.

"세상 밖을 모르고 나가면 죽는다는 것밖에 모르잖아."

"반항은 꿈도 못 꿔. 죄인이니까."

신(神)은 왜 나를 만들었을까? 왜? 이 세상에 니오게 한 사람들에게 죄를 묻지 않고 나에게 벌을 내릴까? 태어난 것은 내 의지가 아니더라도 해결은 내가 해야 한다? 이런 어처구니없는 일이 다 있어! 스스로 목숨을 끊는 일. 결자해지(結者解之)가 아니라 엉뚱하게도 피해자인 자신의 몫으로 돌아왔다.

"죽기 살기로 돌리지 않으면 못 해."

"벗어나는 길은 죽음뿐. 나는 태어날 때부터 불행했어. 시종일관 학대를 견뎌야 했지. 나는 한 번도 나 자신일 수 없었어. 아버지와 나를 낳아준 엄마 그리고 큰엄마와 병석을 모두 죽이고 싶어."

"그래도 죽지 말고 살아있어야 복수를 하지."

명자는 연화가 병석 외삼촌을 저주하는 이유를 알고 있었다. 명자는 생각했다. 자신이 연화 입장이었다면 어땠을까. 언젠가 힘이 생길 때 병석을 죽이거나 꼭 복수를 할 것이라고 다짐할 것 같았다.

지금은 힘이 없으니 참는 수밖에 없을 것이다. 명자는 꼭 연화가 원수를 갚게 되기를 바라면서 연화 손에 돈을 조금 쥐어주었다.

"어디든 도망 가!"

"될 수만 있다면 내 운명과 싸우고 싶어. 신이 창조한 가장 비참한 인간이라는 생각이 들어. 죽을 수도 없는 죄로 평생 가지고 가야 한다면 끔찍해."

명자는 지금 연화에게 어떤 위로도 소용없다는 걸 알고 아무 말도 하지 못했다. 체념하고 살라는 말은 할 수 없었다. 어떻게 끝없이 이어질 고통을 받아들일 수 있는가.

"갈 곳이 없어."

연화는 쓸쓸하게 말하고 국수틀을 돌리기 위해 일어선다.

"내 인생을 빨리 끝내는 일이 희망이야."

큰엄마와 병석은 내게 모진 운명을 선사했다. 그들이 덫을 놓은 올가미를 벗어나는 길, 내 운명을 거부하는 길은 그들을 죽이거나 내가 죽음을 선택하는 일 중 하나이다.

당장 그들을 죽일 수 없다. 커다란 힘을 가진 그들에게 복수는 엄두도 못 낼 일이다. 그렇다면 자신이 할 수 있는 길은 언제 열릴까.

안채에서 떨어진 뒷간은 캄캄했다. 울타리 너머 울창한 밤나무 사이로 달빛을 받은 유령들이 포진해 있는 듯 보였다. 어른거리는 그림자 사이로 유령들이 움직였고, 그들이 내는 소리가 귓가에 들리는 듯했다.

너무나 무서웠다. 이 무서움은 무엇일까? 왜 무서움을 느낄까. 그것은 삶이 주는 두려움일 것이다. 혹시 내가 살고 싶은 걸까. 잠깐 생각이 미치자 고개를 흔들었다. 죽으려는 마당에 무엇이 두려운가. 굳게 마음을 먹었다.

하늘이 내 머리 위로 무너져 내리기를 바랬다. 불가항력적으로 당한다면 죽음을 받아들이기가 수월할 것 같았다. 아마도 누군가 연화의 표정을 보았다면 저처럼 비극적인 표정을 보면서 무슨 생각을 했을까. 그녀의 얼굴에 이 세상에서 가장 비극적인 슬픔을 보았을 것이다.

슬픔, 말 없는 아픔을 드러내는 비극적이고 치열한 표정을 보았으리라. 그러나 세상은, 캄캄한 밤은 그녀의 비극도 슬픔도 집어삼켰을 뿐 아니라 아무도 관여하지 않았다. 오직 혼자만이 짊어질 삶에 무게에 쓰러지려는 가련한 인생이 있을 뿐이다.

연화는 눈을 감고 생각을 지웠다. 어떤 생각도 연화에겐 필요 없었다. 자신이 선택한 길, 끝없는 노동에서 해방되는 일이었고, 그것은 목숨을 끊는 일이었다. 아버지라는 인간은 어떤 표정일까. 슬픈 척할까. 아니면 담담한 채 가족에게 타인이라는 개념을 심어주려고 자신의 슬픔을 감출 것이 뻔했다. 지금에 와서 누가 슬플지 시원해할지가 무슨 상관인가. 스스로 불행한 아버지인 척할지도 모른다. 무엇보다도 진실한 것은 속으론 앓던 이가 빠진 것처럼 홀가분해 할 것이고, 큰엄마는 제 엄마의 죄라고 쾌재를 부를 것이고 세상은 아무도 신경 쓰지 않을 것이다.

연화는 질주하는 기찻길 옆에 서서 철로를 보면서 자신의 처지를 생각했다. 마침 기차가 오고 있는 게 보였다. 눈앞이 까마득한 암흑, 자신을 향해 기차가 달려오고 있었다. 기차가 자신의 목을 밟고 넘어가는 느낌이다. 자신도 모르게 손이 목으로 갔다.

돌아오는 길에 자동차에 치어 죽은 고양이를 발견했다. 창자가 짓이겨진 채 버려진 몸뚱이가 수없이 지나가는 자동차 바퀴에 깔려 있는 광경을 볼 수 없어 고개를 돌렸다. 연화는 자신의 창자가 길바닥 한가운데에서 갈가리 찢긴 채 있는 것 같아 눈을 감았다. 아무도 아랑곳하지 않은 길 가운데 버려져 있을 것이다. 죽은 시체가 쓰레기더미처럼 남루한 옷을 입고 있어도 아무도 상관하지 않을 것이다. 마지막 가는 길, 마치 저 길고양이처럼 버려질 것이다.

그렇다고 현실을 잊을 수 있는 게 아니었다. 어떻게 하던 고통을 끊어내는 길을 찾아야 한다.

연화는 신 같은 것은 믿지 않았다. 특히 큰엄마가 믿는 신이면 더더욱 그랬다. 큰엄마는 교회 집사였다. 신의 의도가 어디에 있든 내 인생에 걸림돌이 생길 때마다 신에게 반기를 들 작정이었다. 너무 억울한 내 인생을 위해 끝을 봐야 한다. 그렇다면 죽을 이유가 없다. 복수를 하든 성공을 하든 살아보고 결정하리라.

이유도 모르고 아버지에게 죽도록 얻어맞았다. 큰엄마가 연화에 대해 잘못한 점을 꼬아 바쳤나 보다. 아버지라는 사람이 나에게 무엇을 주었고, 무슨 권리로 두둘겨 패

는지 이유도 몰랐다. 어쩌다 태어나게 해놓고, 무책임하
게 이 세상에다 생명을 부려놓고 걸림돌이 된다고 마음대
로 폭행하고 죽이지 못해 사육한다. 피해자는 말할 곳이
없었다.

내가 어째서 이 집에서, 이 부엌에서, 이들과 함께 살
며, 고통을 받아야 하는지 엄마에게 물어보고 싶었다.

'엄마, 왜 나를 이 집에 버렸어?'

부엌 찬장 위에 놓인 이가 빠진 사기 접시 신세고, 쓰
다 버린 그릇보다 나을 것이 없는 존재다. 끊임없이 사용
하다가 사용 가치가 없으면 버려지는 존재. 외롭고 반항
적인 젊음은 불만과 분노로 들끓을 뿐이다.

움직이지 못하고 소리도 내지 못하는 물체가 되어버린
것 같았다. 여기를 벗어나 다른 곳 이들이 없는 곳 오로지
갈 곳을 알려달라고. 그곳으로 갈 수 있게 해달라고 기도
했다. 그녀는 신을 믿지 않지만 기도했다.

어디까지, 언제까지 참고 지낼 수 있는지 인간의 한계
를 시험당하고 있는 것 같다. 배가 너무 아프다고 해도 누
가 들어 줄 것 같지도 않다. 그렇다고 쉴 수도 없었다.

제3부

팜 파 탈

가출

자살하는 일에 실패한 연화에게는 떠나는 길이 남아있었다. 목숨이 붙어 있는 한 살길이었다.

'내가 도망가면 깜짝 놀라겠지. 큰엄마 입장에서는 두고두고 무보수로 일을 부려먹을 일꾼이 도망가서 아쉬울 테고, 아버지라는 사람은 눈엣가시가 사라져 다소 마음이 놓이겠지. 하지만 지금은 그들을 생각할 여유가 없어. 죽지 못한 이상 살아야 한다.'

병석이 휴가를 나왔다가 연화에게 여비를 주어 어디론가 떠나게 했다는 소문이 나중에 들렸다. 결국 결자해지

(結者解之)한 사람은 병석이었다. 연화에겐 저주였던 첫 남자이자 큰엄마의 동생인 명석이 구원의 손길을 내밀었던 것이다.

연화는 악연 그 운명의 줄이라도 잡아야 했다.

병석이 같이 가자고 했을 때, 연화는 그를 따라가야 할 운명을 느꼈다. 지옥의 굴레를 벗어나는 길은 우선 떠나보는 것이었다. 새로운 세계로 떠날 수 있다면 이보다 더 희망적인 일은 없을 것이고, 지금이 아니면 탈출의 기회를 없을 것 같았다.

지금 결정해야 했다. 그리고 무조건 여기서 벗어나는 길이 우선이었다. 그동안 그토록 원망했던 원수이지만 그의 도움을 받아들이기로 했다.

병석은 처음 연화를 봤을 때 느꼈던 감정은 연민이라고 생각했다. 그런데 차츰 그것이 사랑이었다는 걸 느끼기 시작했다. 단순한 생각이 복잡해졌다. 분명 사랑이었다. 사랑이 아니었다면 이렇게 복잡한 생각들이 몰려오지 않았을 것이다.

병석은 입대한 후, 연화 생각을 할 때마다 명치끝이 아
팠다. 죄책감에 시달리기도 했다. 아무리 생각해도 자신
은 비겁한 남자였고, 부도덕한 나쁜 남자였다. 절대로 있
어서는 안 될 일이었다. 그러나 저질러진 이상 책임을 져
야 했다. 무책임하게 군 자신을 죽이고 싶었다. 인간으로
서 할 수 없는 일을 한 것이었다. 그는 전혀 예상치 못한
사태에 당황했고, 이러지도 저러지도 못하는 사이에 시간
만 흘렀다. 그러는 사이 자신의 미래에 대한 두려움까지
몰려와 어찌할 바를 몰랐다.

그런 와중에도 연화를 생각할 때마다 모든 것은 무의미
해졌다. 문학작품의 어떤 사랑도 자신만큼 절실하지 않은
것 같았고 애절하지 않은 것 같았다. 연화에 대한 생각으
로 꽉 찬 머릿속은 날로 복잡해져갔다.

병석이 특별 휴가를 나왔을 때, 연화는 임신 중절을 해
서 퉁퉁 부은 몸으로 국수틀을 돌리고 있었다. 병석은 속
에서 요동치는 죄의식으로 어찌할 바를 몰랐다. 병석의
눈에 비친 연화는 곧 죽을 사람처럼 보였다. 병석은 연화
에게 저지른 죄로 벌을 받아 차라리 죽어버리고 싶었다.

연화를 본 순간 병석은 자신이 어떤 대가를 치르더라도 연화에게 지은 죗값을 치러야 한다는 걸 깨달았다. 자신이 저지른 일은 사람이 해서는 안 되는 일이었다. 더욱 자신이 저지른 일로 아무 죄 없는 연화가 학대를 받고 있었다. 연화를 살려야 했다. 이미 중절을 해서 세상에서 없어졌지만 자신의 아이를 가졌던 여자였다.

휴가를 나가자마자 병석은 큰누나의 집으로 달려갔다. 큰누나는 병석을 반기지 않았다. 병석은 자신의 죄를 실감했다. 연화는 검고 촉촉한 속눈썹을 깜빡이며 애절하게 병석을 쳐다보았다. 그런 연화의 간절함이 가슴을 뚫고 들어왔다. 무슨 수를 써서라도 연화를 구하고 싶었다. 구해내야 한다고 생각했다. 병석의 눈에 비친 연화는 버림받은 한 마리 새였다. 연화의 애처로운 눈이 병석을 휘어잡기도 했지만, 자신 안의 양심이라는 놈이 질책을 해서 견딜 수가 없었다.

"지혜를 달라고 수없이 기도했어요. 무릎을 꿇고 애원도 해보고 협박도 해봤어요. 죽어버리겠다고도 해봤지만 죽든 말든 신은 상관하지 않더군요. 그렇게 신은 아무것도 들어주지 않고 점점 더 최악으로 나를 몰아갔어요. 신은 최소한의 은총도 베풀지 않았고, 점점 더 나를 고통 속으로만 몰아넣었어요."

연화가 병석에게 애원하듯 말했다.

"내 목숨이 붙어 있는 한 너를 반드시 구하러 올게."

병석은 이를 악물며 자신의 결의를 연화에게 확인이라도 하듯 말했다.

병석이 휴가를 나왔다가 돌아간 후, 얼마 안 있어 연락이 왔다. 병석은 약속을 지켰다. 연화 친구 명자를 시켜 쪽지를 보내왔는데, 대전역에서 기다리라는 말이었다.

'무조건 출구로 나와. 만약에 내가 보이지 않아도 그 자리에 그대로 있어. 내가 찾아갈 테니.'

쪽지를 읽으며 연화는 마음을 다잡았다. 준비를 철저히 한 다음 무사히 집을 빠져나왔다. 한밤중에 대전역에 도착했으나 병석은 보이지 않았다. 한 시간을 기다려도 병석은 나타나지 않았다. 이번에도 속았구나 생각하며 절망하고 있을 때, 헐떡이며 병석이 뛰어오는 것이 보였다. 연화는 반가운 나머지 병석에게 뛰어들어 울 뻔했다. 이제부터 연화에게도 보호자가 생긴 것이다.

두 사람은 밤 열차를 타고 서울로 향했다. 병석은 이제
가해자에서 보호자로 변신해 있었다. 두 사람이 서울역에
도착했을 때는 아침이었다. 서울역 앞에서 아침을 먹으며
병석이 연화에게 말했다.

"내 친구 집으로 갈 거야. 이미 약속을 다 해뒀으니 걱
정 마. 좀 있다 친구와 이 근처 다방에서 만나기로 했어."

병석은 두 손을 연화 어깨에 올리고 가만히 그녀의 눈
을 들여다보았다. 그녀의 눈동자 깊은 곳에서 검고 무거
운 액체가 도형을 그리며 소용돌이 치고 있었다. 그렇게
아름다운 눈동자 한 쌍이 한참이나 병석의 얼굴을 들여다
보았다.

연화는 가만히 병석의 볼에 입을 맞추었다. 아무 말도
안 하던 연화가 고맙다는 인사를 대신 한 것이었다. 병석
은 심장이 멈춰버리는 것 같았다. 무슨 말인가 연화에게
하려다가 그만두었다. 연화가 그렇게라도 자신을 인정한
것에 감사할 따름이었다.

"너를 책임질 수만 있다면 어떤 짓이라도 할 수 있어.

믿어 줘."

병석은 연화와 함께 친구 서준과 약속한 서울역 근처 다방으로 들어갔다. 서준이 먼저 와 기다리고 있었다. 서로 인사를 하고 이런저런 사사로운 말을 주고받는 동안 서준은 연화에게 눈도 돌리지 않았다. 그는 연화에게 상당히 무심한 태도로 일관했다.

병석의 친구 서준의 집은 장춘동에 있었다. 집은 나무들에 파묻혀 우중충해 보였다. 은행나무가 지붕을 내려다보고 있어 한낮에도 음산해 보일 정도였다. 병석은 그곳에서 하룻밤을 보내고 다시 부대로 복귀해야 한다고 했다.

그동안 죽이고 싶을 정도로 원망을 했고 원수라고 생각했던 병석의 도움으로 지옥 같은 그곳을 탈출할 수 있었다. 잘된 일이었다. 그래서 일지는 모르지만, 연화의 몸속에서 이상한 감정이 흐르고 있었다. 처음 느낀 감정이었다.

낯선 곳에서의 하룻밤이었다. 이 넓은 대지에서 발견

해낸 유일한 쉼터였다. 나란히 누운 병석이 연화에게 입을 맞추며 손으로 부드럽게 애무했다. 모든 것이 부드러웠다. 싫지 않았다. 연화의 몸 안으로 병석이 진입하는 순간 연화는 눈을 감았다.

병석은 보물 다루듯 조심스럽게 다가왔다. 서두르지 않았고 천천히 움직였다. 병석이 절정에 이르러 정성을 들여 사정하자, 연화도 힘껏 끌어안는 것으로 답했다.

이 접촉을 통해 연화는 순식간에 불안으로부터 벗어날 수 있었다. 얼떨결에 당할 때와는 사뭇 달랐다. 연화의 육체가 적극적으로 반응하고 있었다. 병석을 사로잡을 관능이 연화의 온몸에서 넘쳐흐르고 있었다. 연화의 감은 눈에서 눈물이 흘렀다. 쾌락이 온몸으로 퍼지는 순간 병석과 연화는 한 몸이 되어 영원을 찾고 있었다.

새로운 시작

은행장을 지낸 두치 영감집이라고 했다. 뒤채는 안채와 왕래가 거의 없었다. 사람들은 자유로웠다. 안채에서 떨어진 뒤채에는 일흔 살쯤 된 할아버지와 아들이 살고 있었는데, 아들은 할아버지가 늘그막에 꽃뱀에게 홀려서 얻었다고 했다. 그 아들이 바로 병석의 친구 서준이었다. 연화는 할아버지의 간병 일을 하면서 잔심부름을 겸하기로 했다. 대체로 할아버지 식사와 목욕을 돕는 일이었다.

연화는 고단하기는 해도 다른 사람 눈치를 보지 않고 살 수 있어서 좋았다. 지옥에서 벗어나게 해준 병석의 친구가 있어 다행이라고 생각했다.

서준의 첫인상은 야성적이면서도 고매했다. 그는 아름다운 눈을 가지고 있었고, 신중하면서도 당당한 태도가 돋보였다. 말하자면 귀공자풍의 아름다운 청년이었다. 병석과 대조를 이루는 모습에 연화는 좀 당황하기도 했다. 이렇게 고급스런 멋을 풍기는 남자를 처음 보았던 것이다.

연화는 서준이 마음에 들었다. 구김 없이 자란 모습과 남자로서의 매력은 연화가 꿈꾸던 이상형에 부합했다. 서출이라는 점도 자신과 비슷한 것 같아 마음에 들었고, 더욱이 할아버지가 연화에게 호감을 보이는 것도 서준에게 호감을 가지게 했다. 연화를 바라보는 할아버지의 눈빛은 유난히 다정했다. 연화는 할아버지에게 지극한 정성을 다했고 할아버지는 말버릇처럼 "너 같은 며느리가 있었으면 좋겠다"라는 말을 자주 했다

하지만 늙은이의 터무니없는 욕망은 상대를 무시하는 데서 시작되었다.

어느 날, 연화가 할아버지에게 목욕을 시키고 있을 때였다. 일본식 나무목욕통에 앉혀놓고 등과 몸을 닦았다.

할아버지는 엉덩이 밑을 닦으라며 연화의 손을 잡아끌더니 자신의 사타구니로 밀어 넣었다. 물컹한 물체가 손에 닿았다. 연화는 깜짝 놀라 손을 빼고는 모른 척했지만 눈물이 났다. 자상하게 굴던 할아버지는 그동안 정성껏 자신을 돌보게 한 연화에게 추한 늙은이의 흑심을 품고 있었던 것이다. 이런 행동은 결국 연화를 이 집안사람으로 받아들이고 제 아들과 맺어주려는 마음이 아예 없다는 것을 일러주는 셈이었다.

연화는 언젠가 읽은 일본 소설 속 이야기가 떠올랐다. 그 소설에 따르면 남자는 마지막 순간까지 자신의 씨를 남기려고 애를 쓴다는 것이었다. 소설 속 이야기는 대충 이랬다.

죽음을 눈앞에 둔 늙은 환자가 간호사만 보면 사타구니 쪽으로 손을 잡아끄는 바람에 간호사들이 질색을 하고 그 방에 들어가기를 꺼린다. 다 죽어가는 늙은 남자의 축축하고 늘어진 성기를 잡아주는 일은 누구라도 구역질이 나는 일이다. 그 추한 행동을 젊은 간호사에게 시키니 얼마나 끔찍하겠는가. 천만금이 생긴다 해도 못 할 짓이다.

하지만 늙은 환자의 담당 의사는 자기 애인인 간호사에게 그 환자의 성기를 잡아주라고 부탁한다.

그것은 의사 자신도 암에 걸려 죽음이 눈앞에 와 있었던 탓이었을 것이다. 그래서 마지막 남은 종족번성의 욕구를 이해하려고 했을 것이다. 마지막이라는 절박함, 죽으면 끝날 인생 앞에서 자애심이 생긴 것이다.

매연이 많은 곳에 서 있는 소나무가 위기를 느끼고 작은 솔방울을 수도 없이 많이 매달고 있는 것과 같다는 것이다. 그 소나무는 자신이 매연에 의해 소멸될지도 모르는 상황에서 자구책으로 씨앗을 남기려고 한다는 것이다. 식물도 그런데 하물며 인간임에랴. 결국 그 의사의 애인인 간호사가 그 늙은 환자의 성기를 잡아주자 사정을 하고는 생명을 마감한다.

소설 속 이야기가 어떻든 이 할아버지가 자신의 못된 욕망을 풀기 위해 욕심을 부린 것이다. 젊은 여자를 탐하는 돈 있는 늙은이의 비겁한 행동으로밖에 보이지 않았다. 일본 소설에서처럼 정말 생애의 마지막 소원이라면 들어줄 수도 있을 것 같다는 생각이 들자 연화는 황급히 고개를 내저었다.

'아니야. 왜 내가 그 역할을 맡아야 하는데? 가난해서 이 집에 얹혀살지만 그런 역할까지 하려고 들어 온 것은 아니야. 나는 이제 겨우 열여덟 살이라고.' 할아버지가 한 짓을 떠올리자 늙은 아버지와 젊은 아들 서준 모두가 자신을 한낱 노리개로 여긴 것이라는 생각이 들었다.

연화가 기댈 수 있는 사람은 병석뿐이었다. 이 일도 어쩔 수 없이 병석에게 하소연해야 했다. 아마도 병석은 펄쩍 뛸 것이 틀림없었다. 연화는 병석이 어서 자신을 다른 곳으로 데려가주길 간절히 바랐다.

서준은 늘 아름다운 여자들 가까이에 있고 싶다는 열망을 가지고 있었다. 주변에서는 그런 서준을 두고 병적이라느니 바람기가 많다고 말들이 많았으나 개의치 않았다. 어린 여자애들은 쑥쑥 자라 아름다운 여인이 되었고, 덕분에 세상은 아름다운 여자들로 넘쳐났다.

서준은 아름다운 여자 근처에 있으면 행복했다. 문제는 아름다움이 늘 한결같지 않다는 것이었다. 세상의 이치가 그러했다. 아름다운 여자를 만났다고 해도 늘 더 아름다운 여자가 나타났다. 결혼을 했지만 새 여자를 만나 이혼을 하는 남자들의 마음을 서준은 이해할 수 있을 것 같았다.

그 결과 세상에서 가장 아름답다고 생각해서 결혼했지만 곧 더 아름다운 여인을 발견하곤 여인들 쪽으로 관심이 가버리는 바람에 아내에게 이혼을 당했다.

남자라면 미인에 대한 열망은 누구나 갖고 있지만, 서준처럼 다 자신의 여자로 만들려고 하지는 않는다. 자신의 능력 밖이라고 생각하기 때문이다.

그러나 서준은 달랐다. 서준에게는 재력과 잘생긴 외모가 있었다. 또 고생을 모르고 자란 탓에 부티와 기품이 흘렀다. 그가 적극적으로 움직이지 않아도 여자들이 그를 가만두지 않았다. 서준의 매력적인 눈웃음은 그런 여자들로 하여금 그가 자신만을 좋아한다는 착각에 빠지게 했다.

연화도 그런 서준이 좋았다. 아이러니하게도 나쁜 남자에게 끌리는 것은 왜일까? 지금껏 서준처럼 교양과 품

위를 갖춘 아름다운 남자를 본 적이 없었다. 연화는 저절로 서준에게로 눈이 돌아갔다. 시골 소녀에 불과했던 연화는 서준을 바라보며 차츰 관능에 눈을 뜨기 시작했다. 연화를 더욱 두근거리게 한 것은 서준의 말씨였다. 그는 연화를 처음 만났을 때와는 달리 마치 동생처럼 이것저것 잘 알려주며 다정하게 말하곤 했다. 서준은 연화에게 세상을 살아가는 처세를 일러주었다. 적당히 둘러댈 줄도 알아야 한다며 나긋나긋하게 말하면서 서준은 연화의 눈을 똑바로 바라보고는 매력적인 눈웃음을 지었다.

어느 날, 서준이 연화의 눈을 보며 이렇게 말했다.

"연화씨 눈은 맑은 하늘 같아요. 외로움과 슬픔을 다 날려버리는 눈을 가졌어요. 웃을 땐 이 세상 모든 기쁨을 다 가진 눈이 되기도 하고요. 모든 감정이 다 들어 있는 신비한 눈이에요. 그 안에 내가 들어 있는 것 같아서 좋네요."

둘은 뭔가에 홀린 듯 오랫동안 서로의 눈을 들여다보고 있었다. 영원처럼 긴 시간이 흐른 것 같았지만 실은 일 분도 넘지 않은 시간에 불과했다. 손이 먼저 움직였다. 어떤 신비로운 힘에 의해 손가락이 엉켜들었다. 그리고 서준은 무릎으로 기어가 열정적으로 연화를 끌어안았다.

두 입술이 부딪혔다. 두 사람에게 충격적일 만큼 격정적인 입맞춤이었다. 연화는 정신을 잃을 만큼 격렬한 키스를 생전 처음 당하며 도저히 정신을 차릴 수가 없었다. 서준은 오랫동안 참아왔다는 듯 연화의 입술을 거칠게 빨았다. 격정적으로 연화를 자신의 품으로 끌어당긴 서준은 갈증에 목마른 사람처럼 굴었다. 그 갈증은 억제할 수 없는 욕망으로 번졌고, 마침내 남자와 여자는 격렬하게 서로 몸을 섞었다.

연화는 정신을 차릴 수 없는 남녀의 사랑이란 것을 처음 실감했다. 그동안 병석과는 그저 몸과 몸이 섞인다는 느낌을 받았을 뿐이었다. 서준은 그런 면에서 선수였다. 하지만 연화는 서준이 선수여서 더 좋았다. 그는 자신의 몸을 어루만지면서 경탄을 아끼지 않았고, 연화로 하여금 자긍심을 심어주어 자신감을 품게 했다. 이 세상에 이렇게 남자를 즐겁게 하는 여자는 없다고도 했다. 관계가 끝날 때까지도 서준은 연화의 아름다운 몸에 찬탄했다. 연화는 이런 것을 느낄 수 있다면 그에게 이용을 당한다고 해도 좋을 것 같았다. 하지만 서준은 거기에서 그치지 않고 연화로 하여금 그가 자신을 사랑하고 있다고 믿게 했다. 연화는 이렇게 황홀한 세계를 알게 해 준 남자가 자신을 배신할 것이라고는 꿈에도 생각하지 못했다.

서준은 그의 아버지의 행동을 눈치챘는지 연화에게 접근하지 못했다. 그러면 그럴수록 연화는 서준에게 희망을 걸었다. 병든 할아버지 뒤치다꺼리를 하는 도우미에 그치는 일은 하기 싫었다. 서준이 안다면 연화를 아버지의 여자라고 생각할지도 모른다.

하지만 연화는 그 늙은 악마의 여자가 될 수는 없었다. 그런 생각을 떠올리는 것만으로 혐오감에 몸이 떨렸다. 어떻게 아들과 친한 사이인 어린 여자에게 추한 생각을 하는 것인지 도저히 이해할 수가 없었다.

서준의 아버지가 연화에게 한 짓을 들은 병석은 몸이 달았다. 잘못하면 연화가 그 늙은 영감의 제물이 될 것 같다는 생각에서였다. 무엇보다 연화를 피신시키는 일이 우선이었다. 거처를 미리 마련하지 못해 하는 수 없이 두 사람은 모텔을 찾았다. 연화는 우직해 보이는 병석의 어깨를 보며 병석에 대한 미움을 잠시 지웠다.

—복수의 시작

병석의 노력은 가상했다. 그는 시골의 어머니가 보내준 등록금으로 살림살이를 마련하고 월세방을 얻었다. 연화는 그 방에서 병석과 동거를 시작했다. 드디어 두 사람의 터전이 마련된 것이었다. 그가 마련한 방에서 생활하면서 연화의 마음속에서는 병석을 향한 복수심이 뒷걸음질 쳤다. 지금 연화에게는 복수보다 미궁에서 벗어날 출구를 찾는 것이 더 중요했다.

하지만 언제나 그렇듯, 연화의 삶은 안정을 찾지 못했다. 신(神)은 연화에게 평온한 일상을 허락해주지 않았다.

어느 날, 병석이 취직자리를 알아보려 집을 비웠을 때였다. 혼자 빨래를 하고 있던 연화에게 누가 찾아왔다. 병석에게 줄 밑반찬을 가지고 온 병석의 어머니가 들이닥친 것이었다. 병석의 어머니는 혼자가 아니었다. 병석의 큰누나, 즉 연화의 큰엄마도 함께였다. 피할 새도 없었다.

"어? 너? 너? 네가 여기에 왜 있어?"

연화는 언젠가 병석의 가족에게 발각되리라는 생각은 하고 있었다. 하지만 막상 닥치고 보니 입만 벌린 채 아무 말도 할 수 없었다.

병석의 어머니와 큰엄마는 연화를 보고 입에 거품을 문채 기절초풍 직전이었다. 연화는 큰엄마에게 무릎을 꿇었지만 마음속으로 쾌재를 불렀다. '이렇게 살아도 되나?' 하고 지금껏 가졌던 의문이 해소되는 기분이었다. 사실 자리를 잡기만 하면 바로 병석이 마련한 방에서 나올 생각이었다. 이렇게 버티고 있었던 것은 이런 상황을 기대하고 있었기 때문이었다.

아무것도 모르고 밖에서 들어오는 병석에게 두 여자가 달려들었다.

"네가 어떻게 저런 년을 불러들일 수 있어? 이 미친놈아!"

"누나가 몰라서 그래. 내가 저 애 인생을 망친 거라구. 말 나온 김에 말하겠는데 누나가 연화를 구박하고 때릴 때마다 구원을 청하는 저 애의 눈을 봤어."

"이 미친놈이 뚫린 입이라고…. 내 전생에 저년 모녀에게 무슨 죄를 졌기에 이런 벌을 대를 물려가며 받는단 말이냐!"

때리며 울부짖던 그들은 병석에게 공부고 뭐고 다 때려치우고 당장 시골로 가자고 했다.

연화는 깨달았다. 복수는 이렇게 하는 것이구나 하고. 의도하지 않았어도 운명이 복수의 길을 안내하고 있었다.

지금껏 살아보려고 병석의 도움을 받았지만 이제부터 생각이 달라졌다. 큰엄마의 절망을 보고 쾌재를 불렀다. 운명이 시키는 대로 가다 보면 복수는 따라오는 법인가 보았다. 얼마 전까지만 해도 그들을 향해 복수하고 싶어도 방법을 몰라 전전긍긍하고 있었다. 자신의 형편으로는 아무리 생각을 해도 어림없는 일이 복수였다. 그런데 한순간에 모든 것이 달라졌다.

시간이 어떻게 지나갔는지 몰랐다. 큰엄마가 연화를 달래기 시작했다.

"돈을 줄 테니 네가 원하는 어디로든 떠나라."
큰엄마의 제의는 의외의 반전이었다. 막연히 언제고

때가 오면, 또 힘이 생기면 복수를 하고 싶다는 바람이 있었다. 하지만 이런 순간이 오리라곤 생각하지 못했다. 자신이 선택하지 않았어도 복수는 시작되고 있었다.

연화는 아무런 말도 하지 않고 묵묵부답이었다. 큰엄마는 연화가 아무 말이 없자 자신의 요구 조건을 받아들이겠다는 표시로 알고 돈을 내밀었다.

연화는 당당하게 말했다.

"병석씨에게나 주시던지 난 필요 없어요."

돈은 제 동생에게나 주면 될 것을, 그동안 그렇게 미워하고 저주를 퍼붓던 나에게 웬 돈을? 병석은 직장도 없었으니 그 돈으로 생활하면 될 것 같았다.

"이런 맹랑한 것 좀 보소. 이것이었어! 네년이 감히!"

큰엄마가 소리쳤다. 연화는 아무 말도 안 하고 속으로 웃었다.

'이렇게 복수가 시작되는 것이구나!'

생각하면 할수록 고소했다. 제 발로 찾아온 복수에 감사했다.

대학에 다니는 큰엄마의 딸, 그러니까 연숙이 찾

아왔다.

"연화야! 너 미쳤어? 어떻게 네가 외삼촌을…!"

"아직 미치진 않았어. 어떻게 하다 보니 그렇게 된 거야. 그리고 내가 언제부터 너희 집 식구였다고 그래?"

"이게 언니한테 너? 아주 이제 막나가는구나! 천박한 것이."

연숙이 기겁을 하며 혀를 찼다.

"그래, 난 네 엄마 말마따나 망종이잖아. 너희는 도덕군자이고."

"얘가 아주 그냥 돌았구나, 돌았어!"

"너는 네 엄마가 이유 없이 날 때릴 때 못 본 척했지? 내가 왜 네 엄마에게 매를 맞아야 되는지 생각이나 해봤어? 내가 얼마나 고통스러웠는지 알아?"

"그건 네가 잘못해서 그랬겠지."

"내려치는 몽둥이에 원한이 묻어 있어 얼마나 잔인했는지 알기나 해."

"그리고 잘못은 네 엄마가 했잖아? 어쨌든 우리 엄마 말대로 피는 못 속이는구나."

"피? 피 타령은 가서 네 애비한테 가서 해. 분풀이도 그 잘난 의원 나리한테 하고."

연화가 깔깔 웃으며 소리치자 연숙이 기가 막힌다는 듯 한마디 했다.

"간사한 너의 그 뱀 같은 짓에 넘어간 외삼촌은 무슨 죄야?"

"그건 네 외삼촌한테 물어봐. 그래도 제 가족이라고 역성은 들고 싶은가 보지. 넘어간 놈부터 처단하고 오든지."

"너 때문에 우리 엄마 쓰러졌어. 이 미친년아!"

"네 엄마가 쓰러졌다고? 그거 잘 되었네. 그래도 방망이로 내 복숭아뼈 내리칠 힘 정도는 남아 있어야 되는데. 그래야 네 엄마답지. 억울해서 어쩌나? 서울에 와서 행패 부릴 힘도 남아 있어야 할 텐데. 쓰러졌다니 다시는 서울에 기어오지 않겠구나. 축하할 일이다. 쓰러졌든 죽었든 내 알 바 아니니 이제 좀 사라져줘라."

"너 같은 년하고 말하고 있는 내가 바보다, 바보야."

"이제 알았어? 너네 엄마한테 말 좀 전해주라. 너의 집을 말아먹지 않고는 병석씨를 못 놔주겠다고. 알았니? 가서 네 엄마에게 꼭 전해."

연숙이 다녀가고 나자 연화는 친구 명자 생각이 났다. 수소문 끝에 명자에게 연락한 연화는 그녀를 만나 이야기를 나누면서 자신의 진로에 대해 의논했다. 명자는 성우가 되어 있었다. 명자는 연화에게 교환원 자격시험을 보면 좋을 것 같다고 조언했다. 명자 자신처럼 성우는 되지 못하더라도 목소리가 청아하니 교환원을 하면 인기가 있을 거라고 했다. 연화도 명자의 생각에 동조했다. 그동안 목소리가 좋다는 말을 많이 듣기도 했지만, 자신의 적성에 맞을 것 같다는 생각이 들어서였다. 모든 일이 순조롭게 이뤄질 것 같았다.

하지만 모든 일이 생각만으로는 되지 않았다. 연화는 고민 끝에 서준을 찾아가 부탁했다. 어째서인지 서준이라면 방법을 알고 있을 것 같았다. 직업을 찾고 스스로 돈을 버는 것은 병석에게 더 이상 의존할 필요가 없다는 것을 의미했다. 지금까지는 기생충처럼 살고 있었지만 이제는 달라질 수 있었다.

서준은 기대대로 연화에게 우체국 교환원 자리를 마련해주었다. 나중에 일류 호텔에 자리를 마련해주겠다는 약속을 하면서 외국어를 잘해야 하니 공부를 해두라는 말도 잊지 않았다.

교환원 일을 하면서 애로 사항이 늘자 연화는 아무래도 영어를 배워야겠다는 생각이 들었다. 병석은 회화 책을 보여주며 일단 무조건 외우라고 일러주었다. 공부를 하게 되자 자신의 길을 직접 찾아가고 있다는 묘한 희열이 느껴졌다. 연화는 전과는 다르게 스스로가 멋진 여자라는 생각이 들었다. 비로소 진정한 자신의 모습을 되찾은 것처럼 느껴졌고, 뭘 해도 잘할 것 같았다. 언제나 두렵기만 했던 미래가 그다지 두렵지 않았다. 한편으론 그런 자신에 스스로 놀라기도 했다.

새로운 생활에 적응해나가면서도 연화는 한 가지 걱정을 내려놓을 수 없었다. 그것은 큰엄마와 병석의 어머니가 또다시 찾아올 것이라는 걱정이었다. 직감적으로 분명 그럴 것이란 걸 알 수 있었다. 큰엄마를 만나는 것은 부담스럽고 싫었지만, 그들을 향한 복수는 포기하고 싶지 않았다. 연화는 가장 좋은 복수법이 무엇일지 고민했다. 결론은 하나였다. 그것은 바로 병석이 연화를 잊지 못하게 하는 것이었다.

팜 파탈

연화는 틈만 나면 서준과 만남을 가졌다. 서준은 연화가 부르면 언제든 달려 나왔다. 연화에게 병석은 가해자인 동시에 구원자이기도 했지만, 중요한 것은 그를 결코 사랑하지는 않는다는 점이었다. 연화가 그와 살림을 차린 것은 그저 살기 위해서였다. 연화는 병석의 얼굴을 볼 때마다 큰엄마의 모습이 보여서 괴로웠다. 그러나 그와 연결되어 있어야만 큰엄마와 아버지에게 상처를 줄 수 있었다.

큰엄마와 병석의 어머니를 괴롭힐 수 있는 가장 좋은 방법은 외아들인 병석이 불행해지는 것이었다. 그것을 내

내 염두에 둔 연화는 서준을 만나며 병석을 미치도록 고독하게 내버려 두었다. 그러고는 다시 집에 돌아가 그의 가슴에 매달렸다. 연화는 병석이 자신에게서 절대로 도망치지 못할 거라는 걸 알고 있었다.

'나는 나쁜 여자야.'

연화는 그렇게 생각했다. 연화는 병석에게 자신을 기억시키며 자신의 의사와는 무관하게 흥분되었다. 그리고 지금 벌어지고 있는 모든 것에 은밀하게 동의했다. 하지만 영혼을 흥분시키지는 않았다. 자신의 의사에 반해 육체는 흥분했으나 영혼은 끄떡하지 않았다.

물기 어린 눈으로 병석에게 추파를 던진다. 그러면 병석은 여지없이 연화를 위해 목숨을 버릴 듯 달려든다. 연화는 오늘 마지막으로 죽을 것처럼 병석의 몸에 매달린다. 자신이 보이지 않으면 병석이 애걸하도록…. 치명적인 아름다움을 무기로 연화는 병석의 진실한 사랑을 외면하는 것이다. 연화 자신은 병석이 싫증나면 고뇌 없이 다른 남자를 찾아 나설 수 있는 그런 여자여야 했다. 아니 그래야만 했다.

"병석 오빠! 오빠 어머니의 바람대로 다른 남자를 만나려고도 해봤으나 어떤 남자도 오빠를 대신할 수 없어요."

병석과 동거를 시작하고부터 호칭도 외삼촌에서 오빠로 바꾸었다. 병석은 연화의 속삭임에 안절부절못했다. 병석은 연화의 말이 사실이든 아니든 그녀를 원하고 있었다.

병석은 연화가 돌아와 준 것에 감사했다. 번번이 속는다는 것을 알면서도 고마워했다. 연화의 입장에서는 어쩔 수 없는 일일 것이고, 어머니와 큰누나가 다녀간 후 연화가 시달렸을 생각을 하면 용서해준다기보다 자신이 용서를 구해야 한다는 생각이 들었다.

그러면서도 연화가 다른 남자와 잤다는 것을 알아차렸다. 증거는 없었지만 느낌으로 알 수 있었다. 사랑하는 사람만이 알 수 있는 촉인지도 몰랐다. 그렇다고 연화에게 물어볼 수는 없었다. 연화를 사랑하는 마음으로 연화가 누구와 잤든지 덮어두기로 했다. 하지만 조급한 갈증이 병석을 부추겼다.

연화가 다른 남자 품에 안겨 있는 상상을 하면 괴로운

일이었다. 괴롭지 않을 리 없었다. 눈을 감으면 이런저런 구체적인 이미지가 머릿속에 떠올랐다가 사라졌다. 상상은 예리한 칼날처럼 사정없이 병석의 가슴을 저몄다. 그렇다고 아는 척할 수는 없었다. 그냥 모르는 척해야 한다는 사실이 더 괴로웠다. 아는 척했다간 연화를 영원히 잃을 수 있을 것 같다는 생각이 들었다. 그렇게 되면 죽는 것보다 더한 괴로움이 몰아칠 것이었다.

'그놈보다 더 내가 연화를 사랑하면 될 것이다.'

병석은 이렇게 생각하며 스스로를 달랬다. 연화가 서준에게 달려간 것은 어머니와 큰누나에 대한 반발로 이루어진 일이었다. 결코 사랑해서가 아닌 분풀이 방법일 뿐이었다. 병석은 자신의 이런 생각을 굳게 믿었다. 그렇게 이해하면 고통이 줄어들고 한순간의 해프닝으로 끝나는 일이었다. 연화가 다시 자신에게 돌아오는 것을 보면 알았다.

병석은 무심한 척 벽에 등을 기댄 채 와인을 마시고 있는 중이었다. 구름 위에 떠 있는 기분이었다. 조금 있으면 시작과 동시에 앞으로 달려 나갈 준비가 완료된 상태였다. 삶의 원천이 꿈틀대고 있었다. 그가 원하는 대로 완벽하게 기능을 발휘할 것이다. 몸 안에 갇혀 버둥거리던 리비도가 연화의 오지에서 발사될 것이다.

병석은 눈앞에 있는 연화를 안고 있어도 언제나 목이 말랐다. 이쯤 되면 연화 마음이야 어떻든 자신의 사랑만 믿어야 했다.

연화는 집에 오자마자 속옷부터 챙겨 들고 급히 욕실로 사라졌다. 이내 문틈으로 물소리가 새어 나왔다. 물소리에 귀를 기울이던 병석은 신경이 날카롭게 반응하는 걸 느꼈다.

뇌 속에 시적 영역이라 일컬을 수 있는 아주 특별한 영역이 존재하는 것 같았다. 그래서 우리를 매료시키고, 감동시키고, 삶에 아름다움을 주는 것 같았다. 자신이 연화를 알고 난 후 자신의 모든 삶이 그녀에게 점령당했듯이 말이다. 병석은 생각했다. 일방적으로 주기만 하는 사랑이었지만 연화의 감정은 마음대로 되지 않았다. 병석 자신 혼자 미친 듯이 날뛰는 사랑이었다. 무조건 일방통행인 셈이었다.

병석은 옛날이 생각났다. 연화가 전화를 걸어온 날이었다. 그날 둘이서 몇 군데 술집을 돌아다녔다.

"이제는 괜찮아요. 그냥 한잔해요!"

그날 병석은 연화의 말을 듣자 그녀에게 위로의 말을 해야겠다고 마음먹었다. 하지만 병석은 연화가 위로 받는 것조차 자존심 상해할지도 모른다고 생각했다. 그래서 제대로 된 위로의 말도 못 한 채 연화와 같이 있게 된 시간 자체를 즐겼다. 그리고 그날 밤 그녀와 함께 침대에 누워서 그녀의 사랑을 받았다. 비록 베풀 듯 열정을 쏟아낸 것이지만 병석은 만족했다. 병석은 그날 그녀와 함께 보낸 격정의 시간을 잊지 못했다.

이윽고 연화가 해맑은 모습으로 욕실 문을 밀고 나왔다. 살짝 웃는 모습이 매혹적이었다. 병석은 연화가 옆에 오기를 바랐다. 그러면 그녀의 젖은 머리를 수건으로 털어줄 작정이었다.

"오빠 누나가 다른 사람을 만나라고 했어요."

"그렇다고 다른 남자를 만난다고?"

"시도는 해봐야지. 오빠 곁을 떠날 수 있을지 시도는 해봐야 되는 거 아니겠어요?"

화장대 앞에 앉은 연화의 등 뒤로 젖은 머리가 물결처럼 출렁였다. 병석은 뒷모습만 보고도 연화의 표정을 읽을 수 있었다. 연화의 어깨 너머로 날아온 느낌은 불안했다. 요즘 들어 부쩍 예민해진 병석은 연화의 몸동작 하나하나에 신경이 곤두섰다.

병석은 자신의 헛된 생각을 쫓기라도 하듯 고개를 흔들며 정신을 차리려 애썼다.

"한 잔 마실래?"

병석이 잔을 들어 연화에게 권하는 시늉을 했다.

"됐어요."

연화는 고개를 흔들었다. 병석 옆에 더 머물지 않겠다는 몸짓 같았다. 그때 휴대폰이 울렸고, 연화는 황급히 욕실 문을 밀고 사라졌다.

"알았어요. 연락하려고 했어요. 지금 연락이 됐으면 됐잖아요. 그래 곧 갈게요. 간다니까요."

목소리를 낮추어 말했지만 워낙 작은 공간이라 병석의 귀에 통화 내용이 들렸다. 통화를 끝내고 나온 연화는 병석을 난처하게 쳐다보았다.

"오빠, 미안한데 나가봐야 할 것 같아요. 회사 과장이 좀 보자고 하네. 뭔 일이 있는 것 같은데 잠깐이면 되니 나갔다 올게요."

병석은 연화가 거짓말을 하고 있다는 걸 알고 있었다.
친구 서준이 연화를 불러내는 모양이었다. '그렇게 연화
를 차지하고 싶으면 결혼을 했어야지. 지금 와서 미련을
못 버리는 것은 뭔가? 아마도 연화를 이용만 하고 버릴 것
이다. 그럼에도 연화가 그놈에게 매달리는 이유가 뭘까?'
병석은 이렇게 생각하며 연화를 보았지만, 아는 체를 할
수는 없었다.

병석은 서준의 뻔뻔함을 짐작은 하고 있었다. 하지만
이렇게 노골적일 줄은 몰랐다. 취직을 미끼로 불러내고
연화가 자신에게 거짓말까지 하는 걸 보면 깊은 관계까지
간 모양이었다.

'이럴 땐 어떻게 하지? 내가 안다는 것을 알면 연화가
거북해할 텐데. 막상 들통이 나면 일이 커질 수 있다. 그
렇게 되면 아무렇지도 않게 오고 싶어도 못 올지도 모른
다. 확실하지도 않은 일을 가지고 의심하면 괴롭기만 할
뿐이다. 참자. 서준이 녀석이 결혼한다는 말이 있으니 일
시적일 것이다.'

병석은 연화가 어떤 말을 해도 자신은 연화를 떠날 수

없음을 잘 알고 있었다. 왜냐고 자신에게 수없이 물어봤지만, 자신의 가슴속 깊은 곳에 그녀가 자리하고 앉아 절대 빠져나가지 않고 있어서라는 답만 돌아왔다. 한편 그녀를 자신에게서 떠나게 할 수 없는 것은 자신의 패배를 인정하고 싶지 않아서이기도 했다. 자신이 원하고 있는 것을 다른 사람에게 빼앗길 수는 없었다.

병석은 와인을 천천히 목 안으로 넘겼다. 그리고 담배를 피우면서 생각했다.

'그녀와의 그 짓은 구원인 셈이다. 혼신을 다해 그녀와 섹스하는 건 그녀 마음에 들기 위한 노력의 일환이다. 아니 어쩌면 내 자신에게 불같이 타오르는 욕정을 소진시키기 위해서일지도 모른다.

그녀 반응이 무심하면 무심할수록 그녀를 향한 내 공격성은 더욱 광폭해진다. 그렇다고 그녀가 흥분했을 때는 다른가 하면 그렇지도 않다. 그때도 마찬가지다. 번번이 만족하게 불태우지 못하고 미진하다. 그녀와 함께 있는 순간도 내 갈증은 가실 줄 모른다. 왜 이렇게 갈급한가. 파괴하고 싶다는 욕망이 내부에서 끊임없이 담금질을 한다.'

"오빠 앞길을 막는다고 날뛰던 큰엄마 저주를 들으면서 각오한 일이에요. 떠나보려고 했어요. 다른 사람을 만나 정리해보려고도 했어요. 그런데 마음대로 되지 않아요. 난 오빠밖에 없어요."

병석은 연화가 자신에게 안기면서 했던 말을 떠올렸다. '오빠밖에 없다'는 그녀 말을 믿기로 했다. 그렇지 않고는 절망을 견딜 수 없을 것 같았다.

병석은 연화가 바람을 피웠다는 것을 알았다. 하지만 이번이 처음도 아니었다. 연화가 병석에게 솔직히 말한 적도 있었다. 바람은 피웠지만 병석오빠 얼굴이 떠올라서 견딜 수 없었다고. 물론 거짓말일지도 모른다. 그래도 병석은 연화의 말을 믿는 척했다. 거짓말이라고 생각하는 자신의 마음을 연화가 알아챌 것 같아 전전긍긍했다. 연화가 도망칠 것 같은 두려움 때문이었다.

세상 사람들이 모두가 미쳤다고 해도 할 수 없었다. 병석의 연화에 대한 사랑은 이래서는 안 된다고 몇 번이고 다짐을 하면서도 번번이 실패하는 사랑이었다. 그 곁을 떠나려 해도 멈출 수 없는 사랑이었고, 단 한 사람밖에 존재하지 않는 사랑이었다. 또 결코 떠나보낼 수 없는 사랑

이었고, 그 사람과 함께하지 않으면 빛을 잃고 막막해지
는 사랑이었다. 결코 멈출 수 없는 사랑이었고, 사랑을
하고 싶어서 사랑하는 게 아니라 사랑할 수밖에 없어서
하는 사랑이었다.

"오빠는 옛날부터 그랬어요. 뭔가 보통 남자와는 다른
부분이 있어요. 누가 뭐라고 해도 상대방을 달래줄 수 있
는 분위기가 있어요. 오빠와 함께 있으면 무엇이든지 용
서해줄 수 있는 그런 기분이 들어요. 오빠도 이런 기분 알
지요?"

언젠가 연화가 이렇게 말한 적이 있지만, 병석은 연화
가 자신의 절박한 마음을 다 알지는 못한다고 생각했다.
굳이 알게 하고 싶지도 않았다. 물론 자신의 이미지를 고
수하려는 허세가 없는 것은 아니었지만 무엇보다도 연화
에게 실망을 안겨주고 싶지 않았다. 연화가 원하는 것은
너그러움일 것이기에 병석은 너그러운 남자가 되고자 노
력했다.
　병석은 연화가 곁에만 있어주면 바랄 것이 없었다. 그

녀가 떠나는 것보다 견딜 수 없는 것은 없었다. 병석은 연화와 눈을 마주치면 언제나 긴장했다. 헤어지자고 말할까봐 온몸이 얼어붙을 지경이 된 적도 많았다.

'아름다움이란 이렇게 위험한 건가? 목숨과 바꿀 수 있을 정도의 아름다움도 있는 건가? 아니, 이건 연화의 아름다움 때문이 아니라 어쩌면 미련 때문일지도 모른다. 미련은 참 어리석은 일이다. 나도 알고 있다. 그런데 왜 나는 그녀에게서 벗어나지 못할까. 그녀가 쳐놓은 그물에 걸려 옴짝 못하고 있다. 물론 나 스스로 그 그물을 걷어낼 수 있다고 생각한다. 하지만 걷어내고 싶은 생각이 없다. 그냥 잡고 있고 싶다. 아직은 그녀가 부려놓은 마술에 헤어나고 싶지 않다. 그리고 언젠가는 내 정성이 그녀에게 전해질 것이라 믿는다.'

병석이 이런 생각에 잠겨있을 때 연화는 거짓말을 줄줄이 늘어놓기 바빴다. 구차한 변명이었다. 병석은 알고 있었다. 서준이 연화를 불러내고 있다는 것을. 병석은 서준이 결혼을 하려고 선을 보러 다닌다는 소문을 들었다. 그 말을 연화에게 알리고 싶은 생각도 있었으나 참았다. 비겁해 보이기 싫어서였다.

병석이 생각할 때 연화는 두 남자와 동시에 몸을 섞고도 아무런 죄책감을 느끼지 않는 것 같았다. 분노가 솟구치지 않는 것은 아니었다. 하지만 최초로 사랑한 여자였다. 그리고 최고의 여자이기도 했다. 배신감이 클수록 연화에 대한 그리움과 애착은 더 깊어져 갔다. 절대적으로 연화 없이는 못 살 것 같았다. 무슨 수를 써서라도 꼭 연화 옆에 있고 싶었다.

연화는 그런 병석을 잘 알았다. 그녀가 떠날까 봐 병석이 노심초사하며 늘 양보하고 참는 것을 모른 척할 뿐이었다. 그렇게 길들여진 관계를 바꾸기도 어려웠고, 연화의 기대를 무너뜨릴 수도 없었다. 참을성이 끝을 보일 때도 있었지만 결국 애원하는 건 언제나 병석이었다. 그리고 병석은 연화가 좋아한다면 모든 것을 할 각오가 되어 있었다. 웬만한 일에는 흔들리지 않는 관대한 성격으로 포장할 수도 있었다.

'난 너밖에 없어. 네가 내 전부야.'

병석은 연화 없는 삶은 생각하기도 싫었다. 그녀만 곁

에 있어준다면 그걸로 족했다. 그런데 서준의 유혹에 넘어간 연화를 이해할 수 없었다. 연화도 뻔히 이용당하는 줄 알고 있을 것이다.

'그놈은 너를 갖고 노는 거야. 그놈은 언제나 그랬어.'

이런 생각을 하고 있는데, 연화의 소리가 귀청을 울렸다.

"잠깐이면 된다고 하잖아요?"

병석은 연화의 표정에서 거역할 수 없는 힘을 느꼈다.

"잠깐이 아니잖아."

"됐어요!"

연화의 손을 잡은 병석의 손에 힘이 풀렸다. 항거할 수 없는 힘이 연화의 손에서 느껴졌다. 어쩌면 연화를 불행하게 한 죄가 병석 자신에게 있었다. 평생 사랑하겠다고 다짐해놓고 하찮은 일로 그녀를 괴롭히면 또 다른 죄를 짓는 것이었다. '침착하자. 아무 일도 없다고 하니…. 태연한 척하자.' 병석은 자신을 타일렀다.

연화가 현관 손잡이를 잡았다. 병석은 연화를 등 뒤에서 끌어안고 말했다.

"빨리 돌아와야 해."

병석은 자신이 비굴하게 느껴졌지만 할 수 없었다. 그렇게라도 자신의 마음을 표현해야 했다. 잠시 서 있던 연화는 조용히 병석을 밀어냈다.

병석은 참담했다. 멸시를 받은 것 같아 수치심에 머리가 지끈거렸다. 멀어져 가는 연화의 발소리는 경쾌했다. 사랑한다는 말을 무기 삼아 무작정 그녀 앞을 막아설 수도 없었다. 병석은 알 수 없는 열기로 숨이 막힐 것 같았다.

모든 순간이 너였다

　일주일 간격으로 불같이 타오르는 발열을 소진시킬 방법이 없다. 혼자 타다만 각목의 연기가 내 언저리를 에워싸고 숨 막히게 만들었다. 연화를 다시 만나지 않겠다. 병석은 자신을 억제하고 다잡으려고 몸부림쳤지만 그녀를 만나러 가는 발걸음을 멈출 수 없었다.

　연화가 병석의 집으로 왔다. 갑자기 문이 열리자 그녀가 고개를 들어 그를 바라보았다. 그녀는 이 시선을 감당할 수 없었고, 그의 시선은 공포를 불러올 정도로 강렬했다. 그것은 절망에 빠진 슬픈 눈빛이 아니었다. 감당할 수 없는 신뢰의 눈빛이었다. 그녀는 바닥에 엎드려 그를 품 안에 끌어안았다. 아주 천천히 그가 그녀의 냄새를 맡더니 이 애무를 영원히 기억 속에 각인시키려는 듯 두 눈을 감고 애무를 시작했다.

"병석씨, 당신의 인생에서 내가 모든 악의 근원이에요. 더 이상 내려갈 곳도 없을 정도로 당신을 끌어 내린 것이 바로 나예요."

"우리가 서로 끌어내리는 그런 사이는 아니지."

"나 아니면 당신은 이렇게까지 내려갈 수 없는 사람이에요."

"자유롭다는 것을 깨닫고 나니 얼마나 홀가분한데…."

연화의 말로 미뤄 보아 말의 진실성을 의심할 수 없었다.

병석은 어머니를 만나고 오는 길이었다. 어머니의 초췌한 모습을 보고 가슴이 찢어지는 아픔을 느꼈다. 하지만 마음을 다스렸다. 자신이 저지른 일로 인해 불행해진 연화에게 한없는 연민을 느꼈다.

그래도 어머니의 대해 말할 수밖에 없었다.

"집에서 선을 보래."

"알고 있어요."

연화는 병석의 어깨에 머리를 기댔다. 안개 속을 헤치고 두 사람을 싣고 갔던 비행기 속에서처럼 그때와 똑같이 이상한 행복을 느꼈다. 그것은 이상한 슬픔을 느꼈다. 이 슬픔이란 마지막 역에 도달했다는 것을 의미했다. 이 행복은 함께 있다는 것을 의미했다. 슬픔은 형식이었고, 행복은 내용이었다. 행복은 슬픔의 공간을 채웠다.

연화는 병석에게 기대어 생각해 보았다. 그도 불쌍한 영혼이었다.

누굴 동정해! 지금 상황에서 이 바보야.

연화는 병석에게 마지막 작별인사를 했다. 꿈속이지만 그의 광채는 휘장에 가려 세상은 전보다 훨씬 아름답게 만드는 부드러운 빛 속에서 서 있었다. 그녀는 사랑을 느꼈다. 그것은 한계도 절제도 없는 사랑이었다.

정원에 어둠이 짙어갔다. 밤도 낮도 아니었고, 하늘엔 창백한 달이 떠 있었다. 슬픔이란 엇갈린 무엇인가를 알고 있다는 것을 상징한다.

연화는 그렇게 환상 속에서 병석과의 사랑의 끝을 내려고 했다.

병석은 서준을 만나서 담판을 내고 싶었다. 내가 이런 고통 속에 있는데 누나와 엄마는 서준이 편을 들다니.

친구 서준이라는 잘생긴 놈을 떠올려본다. 그녀 말은 일시적인 거짓말인 것 같다. 아니다. 서준 앞에서 나는 티끌처럼 보였을 것이다. 그와 나를 비교하고 있었던 것이다. 서준이라는 남자만 없으면 그녀를 완전히 내 것으로 차지할 수 있을 것 같다.

이제 끝장난 건가? 생의 근원으로부터 생명의 형태로부터 떠밀려나간 것 같은 격렬한 소외감이 머리를 강타했다. 나는 참담했다. 육체적인 멸시를 받은 것 같아 수치심이 머리를 찌른다. 멀어져 가는 그녀 발소리에 땅에 주저앉는다. 사랑한다는 말은 사탕발림인 줄 알면서도 뛰어들지 않을 수 없었다. 이유 모를 열기로 숨결이 가빠지고 대장간의 불기가 풀무질의 속도에 따라 타오른다.

서준은 큰누나 이야기를 하면서 자기는 잘못이 없다고

했다. 그 말을 듣고 병석이 화를 냈다.

"너만 없으면 돼."

"누님이 나에게 부탁했어. 연화를 잡으라고."

"뭐라구! 연화와 결혼하라구 했단 말이지."

병석의 생각은 서준의 말을 듣고 보니 그럴 것 같았다. 누나와 엄마는 서준에게 연화를 떠넘기려고 했을 것이다.

"우리끼리 이러지 말고 연화씨에게 물어보든지"

"연화가 변심한 게 아니란 말이지."

"연화에게 더 이상 접근하지 말아줘."

"그게 아니라 네 사랑이 부족한 게지."

병석은 서준의 말에 할 말을 잃었다.

연화는 자신의 행동을 병석이 알고 있다는 것을 감지했다. 더 이상 환상을 쫓지 않을 것이라고 다짐한다. 병석의 촉은 예민해서 즉각 알아 버린 것이다. 그 순간 연화는 병석이 자신을 많이 사랑했다는 것을 알고 지금 이번 일로 인해 그가 사라질지도 모른다는 불안감이 들었다. 절벽으로 떨어지는 느낌이었다.

병석은 차를 몰고 강변로를 달린다. 시인과 촌장의 노

래가 나온다. 20대 때 기억이 나는 노래다.

　　내 속엔 내가 너무도 많아서 그대의 쉴 곳 없네
　　내 속엔 헛된 바램들로 당신의 편할 곳 없네

　　내 속엔 내가 어쩔 수 없는 어둠 당신의 쉴 자리를 뺏고
　　내 속엔 내가 이길 수 없는 슬픔 무성한 가시나무
　　숲 같네

　　바람만 불면 그 메마른 가지 서로 부대끼며 울어대고
　　쉴 곳을 찾아 지쳐 날아온 어린 새들도 가시에 찔려 날
　　아가고

　　바람만 불면 외롭고 또 괴로워 슬픈 노래를 부르던 날
　　이 많았는데

　　내 속엔 내가 너무 많아 당신의 쉴 곳 없네

　병석은 그녀를 찾아 거리를 헤맨다. 그냥 집에 앉아 손

놓고 있을 수 없는 불안감이 그를 부추겼다. 그녀에 대한 일기를 쓰다가 언젠가 그녀가 나에게 와 그동안 기다려 주어 고맙다는 말로 나를 기쁘게 해줄 날이 있을 거라는 말로 나를 위무했다. 길에서 그녀를 만나도 그녀가 창피 해하지 않도록 신경을 쓴다. 줄무늬 흰 티셔츠에 베이지 색 바지를 입었다. 그녀가 갈만한 곳을 떠올렸고, 그 방 향의 전철을 탄다. 참 치사하지만 어쩔 수 없다.

그녀는 멀지 않은 곳에 신기루처럼 있어도 다가가면 멀 리 달아날 것 같다. 지평선은 무한하다. 나는 그것을 쫓 아 쉴 새 없이 바쁘게 이동한다.

그녀를 본다면 고통이 몇 배로 늘어날 것이다. 그럼에 도 확인해야 하는 것은, 스스로 파멸의 길로 접어들 본 능, 마구 파헤쳐버리고 싶은 질주 본능이다.

내 어떤 것으로도 지금 그녀의 행복해 하는 얼굴을 만 들어 줄 수 없음을 느낀다. 무엇이 그녀로 하여금 저토록 즐겁게 하는가?

병석은 퇴근 후도, 집으로 와서도 가만히 앉아 있을 수가 없다. 거리로 나와 술집을 떠돌아다녔다. 그곳에서 연화와 비슷하다는 이유로 여자를 만난다. 밝은 불빛 아래서 실망하기도 하고 또는 오기로 여자에게 다소 과격한 섹스를 하기도 했다. 그러면 거리에서 만난 익명의 여자는 진저리치며 돌아갔다.

어떤 시도를 해 봐도 그녀에게 길들여진 내 몸은 다른 여자를 거부했다. 꼭 연화여야만 한다. 다른 몸은 받아들일 수가 없는 이유가 무엇일까. 그녀는 강력한 접착제로 나를 무장시켰다. 무장시켰을 뿐 아니라 더욱 갈증에 시달리게 했다. 그녀만 생각하면 머릿속이 혼란해지고, 온몸이 떨리고, 신경이 곤두선다. 특히 가을만 되면 그동안 참았던 감정들이 일제히 쏟아져 나온다. 구석구석 쌓였던 세포들이 일제히 피부를 가르고 나와 꿈틀거린다.

참으려고 해도 참을 수 없이 외롭다고 아우성이다. 자존심도 모든 것이 허물어진다. 그녀가 나에게 했던 따뜻한 눈길, 말 한마디 한마디가 살아서 내 감정에 불을 지른다. 그리고 나는 그녀가 나를 좋아했다고 하는 믿음이 생긴다.

연화를 못 만나게 되면 나는 발작을 일으키고, 그 발작

속에서 생활의 리듬이 깨어진다. 늘 어둠 속에 그 무엇이 깔려 있다. 누구를 향한 것인지조차 모르는 증오와 원망이 머리를 어지럽힌다. 이유도 없이 옆 사람에게 화를 내는 자신을 발견하고 한다. 가만히 살펴보니 그녀를 보지 못하고 한 계절이 지난 것이다.

누구나 스스로 일을 자초한다. 자신의 행위가 치명적이라는 것을 알면서도 그만두려 하지 않는다. 인간과 운명, 이 둘은 서로 붙잡고 서로 불러내서 서로를 만들어간다. 운명이 슬쩍 우리 삶에 끼어드는 것이 아니라 우리가 열어놓은 문으로 운명이 들어오고 우리가 운명에게 더 가까이 오게 만드는 것이다.

행복한 시절에 대한 마법이 사라졌을 때, 사람 관계는 그게 누구든지 차가워지기 시작한다. 사랑이 식는 것보다 더 슬프고 절망적인 감정은 없다. 서로 내색은 하지 않았다. 그녀에게서 나오는 시니컬한 오만이 나를 조급하게 했다. 그러면 그럴수록 그녀의 오만함도 사랑스러웠다.

내가 연화와 같이 지낸 3년은 축복받은 시절이었다.

일생일대 최대의 걸작, 다시없이 희귀한, 완벽한 소장품, 내 인생의 목표를 발견하듯이 나는 그녀를 찾아낸 것이다. 몸과 영혼의 움직임 하나하나 내 안에서 완벽한 메아리를 불러일으키는 여자를 찾아냈으니 세상이 내 것 같았다. 나는 그녀를 보살필 경제력도 있어 탄탄대로처럼 눈앞이 열려 있었다.

—질투

그런 내게 질투라는 몹쓸 놈이 언젠가부터 야금야금 기어들어와 괴롭혔다. 질투는 서준이라는 이름을 가지고 있었다. 질투는 그녀를 잊을 수 없는 접착제가 되기도 한다. '서준이' 녀석이 주는 열패감으로 나를 죽이고 있다.

녀석은 항상 뒤로 물러나 있어도 된다. 녀석은 한 번의 눈웃음, 손잡음으로 여자의 마음을 살 줄 아는 매력을 가졌다. 나에겐 없는 배우고 싶어도 배울 수 없는 기질, 나는 계집애처럼 애교나 부리는 기둥서방기질이라고 비하한다. 하지만 부러운 점은 밉지 않은 행동을 한다는 데 있다.

서준과 병석은 고등학교 시절 만나 친구였다. 서준은

성격이 좋아 함께 어울려 다녔다. 나도 연화만 빼면 녀석을 가까이 두어도 별 불만이 없다. 그렇다고 내가 게이의 성향이 있는 것은 물론 아니다. 그럼에도 불구하고 밉다는 생각이 들지 않는다. 녀석의 특별한 매력이다.

병석은 신은 불공평하다고 생각했다. 정성을 다해 잡은 여자를 녀석은 단숨에 장악해 버린다. 그 원인, 이유를 찾아본다. 그는 남보다 많이 알았고, 몸도 잘 타고 났고, 부지런하다.

그런 나는 어떤가. 내 영혼의 밑바닥에 갈등 내가 아닌 다른 사람이고 싶은 동경이 숨어 있다. 현재의 나와 다른, 달라지고 싶은 동경, 그것보다 더한 시련은 없는 것 같다. 고통으로 심장이 불타오를 것 같다. 자신이 가지고 있던 가치관과 세상에서 통용되는 가치관, 타협만이 삶을 견딜 수가 있기 때문이다. 현재 있는 그대로의 자신과 타협할 줄 알고 현명하게 굴어도 살아가기 힘든 세상이다.

지금 내 공포의 근원은 무엇일까?

소유했다고 안심했던 것이 허방을 딛고 천 길 나락으로 사라져버렸다는 것을 알았다. 그 순간, 상실과 부재의 두려움이었을 것이다. 좁고 깊은 틈으로 영원히 희망이 빨려 들어가는 삭제의 공포. 가장 원형적인 공포다. 시간은 우리 곁에서 끊임없이 너무나 다정하게 삭제를 자행하며 우리가 탄 배를 밀어낸다. 이 공포는 죽음과도 닮았다.

두 남자를 사랑한 여자는 행복했을까?

병석은 '글루미 선데이' 영화 생각이 났다.

주인공 자보는 레스토랑을 운영하는 사람이었고, 일로나는 그곳에서 자보를 도와 일하는 여자다. 자보는 그녀를 많이 사랑하는 자상한 남자였다. 자보의 사랑은 편안하고 따듯한 보호자 같은 사랑이었다.

어느 날, 자보의 레스토랑에 피아니스트를 고용하게 되고 그 주인공이 안드라스다. 새롭게 나타난 아드라스는 일로나로 하여금 강한 매력의 거부할 수 없는 운명 같은 사랑으로 다가온다. 자보와 대조적인 성격인 안드라스는 감성이 풍부하고 애수가 서린 남자였다.

새롭게 다가온 사랑을 대범하게 받아드리는 일로나로 인해 비극은 시작된다. 자보는 자기만의 연인으로 생각한 일로나가 피아니스트인 안드라스와 가까워지자 질투한다. 그러나 이별보다는 그녀의 일부라도 놓치고 싶지 않았기에 그녀의 동시적 두 사랑을 인정하기로 한다.

그녀는 몰래 바람을 피우는 것이 아니라 두 사람을 다 사랑하고 받아들인다. 그녀의 커다란 잘못은 두 사람을 동시에 사랑했던 것이 커다란 아픔의 시작이었다. 그녀로 인해 자보와 안드라스는 엉뚱한 우정(?) 관계가 형성된다.

영화에서는 일로나를 사이에 두고 두 남자가 그녀 양옆에 잔디밭에 누워있는 장면이 인상 깊었다. 그리고 일로나와 자보가 잠자리에 드는 밤, 안드라스는 창밖에서 밤새 담배를 피우는 장면에서 그가 얼마나 고통스러워하는지 보여준다. 주변에 가득 널려 있는 담배꽁초가 보인다.

지금 병석은 서준과 사랑에 빠진 연화를 놓지 못한다. 병석도 자보처럼 이별보다는 질투의 고통이라도 참는 것이 낫다고 생각하는 것일지도 모른다.

꽃비가 내리던 날, 초록의 나뭇잎이 흔들리던 날, 발아래 단풍잎 카펫을 밟던 날, 안개꽃 풍선처럼 눈이 내리던 날, 겨울비가 내리던 날이 지나갔다. 그리고 그길로 무수히 많은 내가 지나갔다. 밤과 낮 사이에 열정 때문에 눈 속 모세혈관이 파열된 내가, 일상의 무거운 짐을 들고 그녀를 기다리던 내가, 밤거리를 초조하게 서성이던 내가….

새벽잠에서 깨어난 병석은 문득 자신을 잃어버린다. 분실이 아니라 끝없이 퍼져나가는 확산이다. 더 이상 나는 너에 대해서 말할 수가 없다. 열정의 극단에서 돌연히 빠져나가는 '무'. 그처럼 집요했던 욕망의 밑바닥이 기우뚱 스러지고 그 많은 의미와 가능한 목적들도 재처럼 날아가 버린다.

내가 나이고, 네가 너였는가? 내가 사랑한 것은 너인가? 우리에게, 이 삶에 정말 실체가 있는가? 흡사 밤새워 들판에 나가 춤을 춘 빗자루가 창백한 새벽에 직선으로 넘어지듯 나는 사라져 버린다. 허무는 기습적이고 집요하다.

사람이 사라진 자리의 어둠, 꽃이 진자리의 어둠, 이

창자 속 같은 봄밤의 어둠…. 내 분별의 모서리로 잘못 건드리면 먹물이 아프게 터질 것만 같아 난 눈물을 흘리고 기쁜 듯이 춤을 춘다.

맹세코 왜냐고 묻지 않을래요. 세상에게도, 당신에게도, 나에게도. 다만 저절로 꽃 질 때까지 기다리지요. 나도 이 언덕에서 내려가야지요. 개나리 꽃가지 사이로 눈을 대고 세상을 한없이 보고 있을 수만은 없으니까요.'

나는 노래한다.

연화는 팔랑팔랑 춤을 춘다. 꿈속에서 나를 점령한다.

나는 언젠가 그녀가 한 말을 기억하고 있다. 그녀는 이렇게 말했다.

"누구와 가까워지면 덫에 걸린 것 같고, 그래서 질식할 것 같아요. 그리고 나는 헌신하지도 않을 것이며 결혼은 더욱 안 할 거예요.

연화가 어떤 사람인지 말로 표현하기는 매우 어려웠다. 한마디로 정의 내리기 힘든 사람이 그녀였기 때문이다. 굳이 말로 표현하자면, 계급에 구애받지 않고 어디에도 종속되지 않는 완전한 자유를 갈망하는 존재가 연화였다. 그리고 그녀는 어린아이 같았다. 내적인 자유분방함, 그녀의 본질을 이루는 자유를 향한 충동 때문에 내가 만들어 준 편안한 삶의 울타리에도 별 관심도 없어 보였다. 자유를 향한 충동이 강한 여자, 그것이 연화였다.

서준의 소식이 끊겼다고 연화가 녀석을 찾아 나선다. 녀석에게 다른 여자가 생긴 모양이다. 나에겐 좋은 징조이긴 한데 안심하긴 이르다. 그녀의 히스테리가 폭발할 것이기 때문이다.

왜 나는 그런 그녀에게서 놓여나지 못할까. 병석은 연화가 쳐놓고 간 그물에 걸려 옴짝 못하고 있다. 물론 나 스스로 그 그물을 걷어 낼 수 있다. 아직은 그녀가 부려놓은 마술에 헤어나지 못한 결과다. 그리고 언젠가 내 정성이 그녀에게 전해질 것이라 믿음 때문이다.

그녀를 본다면 고통이 몇 배로 늘어날 것이다. 그럼에도 확인해야 하는 것은, 스스로 파멸의 길로 접어들 본능, 마구 파헤쳐버리고 싶은 질주 본능이다.

나 혼자 클럽에 갔다. 거대한 홀에서 내가 맞닥뜨린 막연함 성곽처럼 앞을 가로막은 사람 기둥들이다. 홀 안은 빽빽이 자란 콩나물시루처럼 거대한 사람 덩어리 자체다. 개개인, 사람은 분간할 수 없다. 그 속에서 서로 비비며 미워하고, 그리워하고, 소용돌이치는 인간의 작은 감정들은 작은 움직임 정도다. 열외자, 방관자 입장에서 보면 개인 구성원들의 감정은 모두 배제시킨 것 같아 보인다.

하지만 나는 마냥 열외에 서서 바라만 볼 수 없어 움직임 속을 관찰한다. 어느 지점에 눈이 머문다. 그녀가 활짝 웃으며 녀석과 함께 춤을 추고 있다. 지금 그녀의 희열에 나는 없다. 나의 정성은 지극히 보잘것없는 작은 기미에 불과했다.

실락원

—잘못된 만남

연화에게서 연락이 왔다. 병석은 부랴부랴 연화가 있다는 곳으로 달려갔다.

"여기 있었다고 말해줘요."

연화의 목소리가 다급했다. 병석은 깜짝 놀라 연화의 얼굴을 바라보았다. 무언가 크게 잘못된 듯 보였다.

"이러고 있으면 어떻게 해!"

연화가 공포에 질려 구석에 앉아 있었다. 병석의 말에 연화의 갈라진 입술이 열리는가 싶더니 이내 닫혔다. 방 안 풍경이 천천히 병석의 눈에 들어왔다. 흐트러진 침대가 보였고, 침대 밑에 한 여자가 쓰러져 있었다. 죽었는지 살았는지 구별이 가지 않는 모습이었다.

병석이 쓰러져 있는 여자에게 다가가서 목에 손을 대 보았다. 연화는 그런 병석을 겁에 질린 모습으로 쳐다보고 있었다. 그녀의 눈은 애원하듯 '아직 살았지?' 하고 묻고 있었다. 하지만 병석은 그녀가 원하는 말을 할 수가 없었다.

쓰러져 있는 여자는 숨을 쉬고 있지 않았다.

병석은 고개를 가로저으며 말했다.

"이거 어떻게 된 거야? 사실대로 말해봐. 정말 네가 떠밀기라도 한 거야?"

"맞아. 내가 그랬어요."

"어떻게 된 건지 사실을 알아야…"

연화가 더듬더듬 어떻게 된 일인지 설명했다.

서준이 요즘 사귀고 있다는 여자, 그러니까 미라라는 여자가 갑자기 쳐들어와서는 다짜고짜 연화에게 욕을 하며 덤벼들었다. 서준은 두 여자의 싸움에 당황했는지 슬쩍 자리를 피했다.

"야, 너 왜 남의 남자한테 찝쩍대는 거야? 남자도 있다면서 화냥년 같으니라구! 네 엄마가 첩년이었다더니 네 에미가 남의 남자 뺏으라고 가르쳤니?"

서준이 연화에 대해 미주알고주알 다 얘기했는지 별걸 다 알고 있었다. 연화는 오기가 발동했다. 서준이라는 놈이 괘씸했다. 그런 놈을 사랑한 자신이 저주스러웠다.

"그래 어쩔래? 보다시피 오늘도 봤고, 내일도 볼 건데."

연화는 순간 생각했다. 어쩌면 이 미라라는 여자 말이 맞는 것 같았다. 엄마가 하던 대로 자신도 발악을 하고 있었다. 내친 김에 서준에 대한 미움이 복받쳐서 할 말 안 할 말을 마구 퍼부어대고 있었다.

"뭐? 첩의 딸? 제 놈은? 제 에미는?"

연화는 서준이 자기도 별로 내세울 게 없으면서 엄마까지 들먹이며 희롱한 것 같았다. 서준이 미웠지만 어쨌든 미라에게 분풀이를 해야 했다. 서준과 미라도 싸워야 했다.

"네가 끼어 든 거야. 서준한테 가서 물어봐."

"물어보나 마나야. 서준 씬 너와 아무 사이도 아닌데

네년이 서준 씨 근처를 맴돈다고 했어. 됐냐?"

"그 거짓말을 믿니? 너도 참 한심하다!"

"너 같은 년이 끼를 부리는데 어느 놈이 그냥 있어."

"그럼 너도 끼를 부려 봐."

연화는 깜짝 놀랐다. 지금 자신과 미라라는 여자가 주고받는 이 말은 큰엄마와 엄마가 주고받던 말과 비슷했다. 누구든 그 위치에 있으면 이런 말이 나오게 되어 있는 모양이었다. 연화는 자신이 한심했다. 어쨌든 서로 실랑이를 벌이다 연화에게 떠밀린 미라가 침대 모서리에 머리를 부딪쳤다. 그리고 다치기만 한 줄 알았던 미라가 죽은 것이다.

"그놈한테 부탁하지 왜 나한테 말하는데?"

병석은 처음엔 시큰둥하게 말했다.

"그놈은 도망갔어요. 우리가 싸우는 거 보고 귀찮은지 나가버렸다구요. 오죽하면 내가 오빠에게 연락했겠어요."

서준 녀석이 양다리를 걸친 것이었다. 서준은 미라를 떼어내는 데 연화를 이용하려 했고, 그래서 고의로 미라에게 장소를 알려주었다. 그리고 두 여자의 싸움이 시작되자 본인은 쏙 빠졌다. 여자들끼리 다툼이 일자 무책임하게 달아나 버린 것이다. 여자들끼리 알아서 해결하라고.

"그냥 밀치기만 했어요. 넘어지면서 모서리에 부딪쳤나 봐요. 머리에 피도 안 나는데 꼼짝을 안 해서 흔들어 봤을 뿐이에요."

"우선 119를 부르고, 경찰에 신고를 해야 해."

"오빠가 싸움을 말리다가 그랬다면 괜찮지 않을까요?"

"그렇게 간단한 문제가 아냐!"

병석은 연화가 서준의 여자에게 적개심을 가지고 있었다는 것이 한심했다. '내가 저런 여자를 사랑하다니!' 화가 치밀어 올랐다.

"그런데 저 여자가 어떻게 알고 여기 온 거야?"

"몰라요. 갑자기 들이닥쳐 덤벼들었어요."

"넌, 내가 말하는 대로 그냥 입 다물고 있어. 알았지?"

연화가 분노를 참지 못하고 일어난 사건이었다. 서준이 새로 사귄 미라라는 여자가 다짜고짜 쳐들어와서 욕을

해대며 연화의 머리채를 잡았던 것이다. 그때 연화는 큰
엄마에게 머리채를 잡히면서도 반항하지 않고 질질 끌려
다니던 엄마 생각이 났다. 엄마처럼 당할 수는 없었다.
절대로 당해서는 안 될 일이었다. 무엇보다도 저희들 사
랑싸움에 연화를 이용하고 있었다. 가만히 있을 수만은
없었다.

"어떻게 내게 그런 힘이 나왔는지 나도 모르겠어요."

상황이 안 좋을 때 연화는 자신이 약하다는 것을 보여
줄 줄 알았다. 그리고 그것이 그녀가 살아가는 보호막이
며 힘이었다. 연화는 애절한 눈으로 병석을 쳐다보았다.
다급해 보였다. 연화의 터무니없는 요구를 병석은 거절할
수도 없었고, 그렇게 하겠다고 말할 수도 없었다.

경찰이 들이닥쳤다. 연화는 자신이 떠밀었다고 사실대
로 말해야겠다고 생각했다. 섣불리 거짓말을 하면 들통이
날 것 같았다. 병석은 정신이 번쩍 들었다. 그동안 자신
이 연화를 위해서 무엇이든지 하겠다는 말을 여러 번 했
던 것을 떠올렸다. 지금 그 사랑이 진실이었다는 것을 증
명해야 했다. 그녀 죄를 대신해야 했다. 머릿속은 시나리

오를 쓰느라 복잡하게 돌아가고 있었다.

'그동안 나는 그녀를 위해 무엇이든지 할 수 있다고 생각했다. 지금이다. 하지만 불안하다. 경찰서 조서를 받으면서 태연할 수 있을지 걱정스럽다. 나는 과연 형사의 직감에서 벗어나 무사히 통과할 수 있을까. 어쨌든 한번 해보자.'

병석은 이렇게 생각하며 천천히 입을 열었다.

"내가 와서 보니 두 여자가 싸우더라구요."

"그래서 저 여자를 죽도록 내리 쳤습니까?"

"뭐라구요? 난 싸움을 말리면서 저 여자를 밀어낸 것뿐입니다. 저 여자가 달려들고 그래서 떼어내는 과정에서 밀치게 된…"

"아, 일단 알겠습니다. 어쨌든 서까지 함께 가야겠습니다."

연화와 병석은 경찰서에 갔고, 같은 진술을 했다.

"국과수 부검 결과가 나오는 대로 다시 부르겠습니다."

둘은 일단 귀가한 후 다시 부르겠다는 말을 듣고 경찰

서 문을 나섰다. 떨리는 발걸음으로 집으로 돌아왔다. 병석은 그때부터 한자리에 있을 수 없었다. 쉴 새 없이 손마디를 꺾고, 손가락을 물어뜯었다. 불안이 극에 달해 있다는 표현이었다.

'진실을 말해야 된다. 그럼 연화는? 아니다. 이미 엎질러진 물이다.' 병석은 이 생각 저 생각에 미쳐버릴 것 같았다.

병석은 방문을 닫아걸고, 연화의 어떤 질문에도 대답하지 않았다. 신문이나 텔레비전도 보지 않았다. 연화에 대한 연민으로 저지른 일이지만 결국 자신이 책임져야 할 일이었다. 다시는 밝은 햇빛을 볼 수 없을 것 같았다.

전화벨 소리는 공포였다. 경찰서라면 휴대폰으로 올 테지만 그래도 편치 않았다. 병석은 한순간도 놓지 못하던 리모컨 대신 휴대폰을 손에 쥐고 있었다.

일주일 후, 경찰서에서 출두하라는 연락이 왔다. 사망한 미라라는 여자의 국과수 부검 결과가 나왔다는 것이다. 경찰서로 향하는 병석의 발걸음은 무거웠다.

'믿어줄까? 내가 죽였다고 해야 하는데 증거를 댈 수

없으니 답답한 일이다. 안 죽었다는 증거가 없으니 진짜 범인으로 몰아붙일 가능성이 아주 없는 것은 아니다. 죽은 후에 갔다고 하면 연화가 죽인 것으로 될 것이다. 그건 안 될 일이다. 어떻게 하든지 내 선에서 끝을 내야 한다.'

이런 생각에 걸음걸음마다 거대한 암벽이 가로막는 듯 눈앞이 아득했다. 어쨌든 연화의 일생에 오점을 남겨서는 안 된다는 생각이었다. 생각의 가닥들이 얽히고설켜 한 지점에 가서 멎었다. 결정해야 한다. 지금의 결정이 병석 자신의 인생 터닝 포인트가 될 것이었다.

경찰서가 가까워질수록 가슴이 답하고 심장이 터질 것 같았는데, 막상 경찰서 정문이 통과하자 마음이 담담해졌다. 병석은 다시금 사건 현장을 떠올려보았다.

— 죗값 치르기

병석이 연화가 있는 방에 들어섰을 때, 이미 한 여자가 누워있었다. 넘어지는 순간 침대 모서리에 머리를 부딪친 것 같았다. 그 여자는 편히 잠들어 있는 듯 보였다. 아무 상처도 없는 것 같았다. 두려워 떨고 있는 연화를 안심시키고 자초지종을 들었다. 그것이 전부였다. 병석이 알고 있는 것은.

하지만 그때 함께 있었다고 해도 아마 병석은 두 여자가 싸움을 하는데 가만히 있지는 않았을 것이다. 연화 편을 들었을 것이고 싸움을 말리며 연화보다는 그 여자를 밀쳤을 것이다.

'연화에게 덤벼드는 그 여자를 밀어버린 것뿐이다.'

병석은 이런 생각을 하며 제정신이 들었다. 하지만 한편으론 또 이런 생각도 들었다.

'연화가 나를 위해서 죄를 지었다면 당연히 그래야한다. 하지만 다른 놈과 연애를 하다가 벌어진 결과 아닌가. 내가 왜 책임을 져야 한단 말인가. 엄밀히 따지면 연화가 책임을 져야 하고, 더 나아가 서준이 놈이 먼저 해결했어야 하는 일이다. 서준이 놈과 얽힌 사건이다. 그것을 내가 짊어질 이유가 있을까.'

병석은 명쾌한 답을 내리지 못하고 있는 자신이 미웠다. 병석은 고개를 세차게 흔들었다.

'어쨌든 서준이 놈은 현장에 없었고 연화만 있었다. 어쩔 수 없이 연화를 구해야 한다. 연화의 일생을 책임지기로 한 이상 망설일 필요도 없다.'

병석은 연화에게 약속했던 사랑을, 그녀에게 수없이 말한 목숨보다 더 사랑한다고 했던 그 사랑을 증명하고 싶었다. 자신의 사랑을 기만하고 싶지 않았다.

언젠가 연화에게 했던 심한 말이 떠올랐다.

"이 남자 저 남자를 전전하는 여자를 뭐라 하는지 알아? 걸레라고 해!"

연화는 병석이 이 말에 입꼬리를 비틀며 웃었다.

"너는? 깨끗하고? 더럽고 깨끗하다는 의미가 뭐야? 남자들 마음대로 안 되면 더럽고, 손아귀에 잡히면 순수한 영혼이고? 뭐 그런 거야? 저도 할 짓 안 할 짓 다 해놓고 나더러 걸레래!"

연화의 변덕에 질려 연화 곁을 떠나려고 다른 여자를 만난 적도 있었다. 연화를 벗어나려면 다른 여자를 만나야 봐야 된다고 생각했던 것이다. 그 일을 두고 연화가 비꼬듯 하는 말이기도 했다.

병석은 연화에게 했던 무수한 잘못과 연화에게 주었던 마음의 상처를 위해서라도 자신의 사랑을 증명해야 했다. 병석은 이를 악물었다.

그 후 사랑의 대가를 치러야 하는 일, 불가피한 것일까 하는 회의가 든다. 뜬눈으로 밤을 지새운 병석은 다음날 오후 병원 신경정신과를 찾았다.

의사에게 말했다.

"그때는 꼭 그래야 할 것 같았어요. 지금도 내 말에 책임져야 한다는 생각이고요."

의사가 의아하다는 듯이 쳐다봤다.

"생각하기 달렸죠. 벗어나야 해요. 왜 아까운 인생을 여자에게 희생합니까?"

의사는 전문 용어를 섞어가며 말했다.

"무의식, 억압된 자의식이 무의식이란 개개인이 가지고 있는 은밀한 비밀창고입니다. 이 비밀창고에서 한사코 놓지 않으려는 게 있어요. 작은 단초를 누르면 풀릴 것을 가지고 놓지 않으려고 발버둥치고 있는 거죠. 놓아야 합니다. 그래야 집착이나 망상에서 벗어날 수 있어요."

"그녀는 나니까요."

의사의 설명에 병석은 웃음이 나왔다.

'놓으려 했으면 벌써 놓아버렸겠지. 그녀가 난데, 나를 놓을 수 있을까. 죽으면 모를까.'

병석은 문득 친구에게 들은 이야기가 생각났다. 친구 이야기는 이랬다.

— 친구의 형

친구의 형은 농사꾼이었다. 아버지 없는 집안의 가장이고, 사십이 되도록 결혼도 못 한 농촌 총각이다. 친구의 형이 결혼을 못하는 것은 전적으로 텔레비전 탓이었다. 터무니없이 여자들 눈높이를 추켜올렸다고. 하지만 시골엔 여자가 없다고 했다.

그러던 어느 날, 시골 읍내 다방에 새로운 여자가 왔다. 병약해 보이는 그녀는 순한 모습이었다. 그동안 읍내 다방에 왔던 여자들과는 달랐다. 말없이 있을 때는 쓸쓸해 보였지만, 웃을 때는 화장기 없는 가늘고 긴 눈에 웃음을 매달고 있어서 순박해 보이기까지 했다. 형이 관심을 가지게 된 것이다. 그녀도 형의 마음을 아는지 가끔 데이트에 응해 주기도 했다. 이름이 지수라고 했다.

이 여자에게 껄떡거리는 동네 사람들과는 다르게 친구의 형은 그녀를 진심으로 사랑했다. 책임을 진다고 했고, 결혼하기로 마음을 굳혔다. 시내에 나가 금반지를 맞추자는 형을 만류하고 그 돈을 저축하며 살자고 했다. 형은 알뜰한 그녀가 고마워 통장을 맡겼다. 그런데 함께한 지 보름도 안 돼서 여자는 형의 전 재산이 든 예금통장을 훔쳐 달아났다. 그뿐 아니라 그녀가 훔쳐 간 것은 형의 마음이었다.

일주일쯤 지난 후, 그녀가 남기고 간 선물이 또 있었음을 발견했다. 지독한 통증으로 시작한 성병이 그것이었다. 병원을 찾은 형은 그녀가 자신을 떠난 것은 그 병 때문이라고 믿었다. 순진한 그녀가 어느 나쁜 놈한테 당해서 걸린 병을 자신에게 설명하기가 곤란했을 거라는 게 그 이유였다. 그간의 상황을 말했다면 용서했을 것이라며 오히려 얼마나 마음 고생이 심했을까 하며 마음 아파했다. 예금통장이라도 가져가서 다행이라고 했다. 그마저 가져가지 않았다면 치료도 못 받았을 거라며 가슴 아파했다.

친구는 이야기 도중에 목이 말랐는지 막걸리를 들이켰다.

"여자는 믿는 게 아냐. 여자를 믿는 건 어리석은 짓이야.

너를 이용하고 달아난 여우들 때문에 남자들이 희생을 당하는 거라고."

친구는 병석을 빤히 쳐다보며 말을 이었다.

친구의 형은 그 여자가 떠나고 초현실주의적인 망상에 사로잡혔다. 현실과 환상 사이에 머뭇거리는 혼돈에 미쳐가는 징후가 나타났다. 그는 세상을 향한 자신의 존재가 콩알만큼 위축되는 현상에 진저리를 쳤다. 그리고 자신의 선택이 정당했음을 증명하려는 듯 누구를 만나든 상황을 장황하게 설명했다. 살 수 있는 모든 행위를 정지시킨 채 그대로 정물처럼 소진되어갔다.

친구의 형은 몇 달째 소식도 없는 여자를 마냥 기다렸다. 떠돌이 여자는 피도 눈물도 없는 여자였다. 그렇지 않다면 노동으로 번 형의 돈을 몽땅 그렇게 갖고 도망칠 수는 없었을 것이다. 그러나 형은 그녀와 며칠을 보낸 추억만으로 평생 간직할 모양이었다.

"그녀는 사기꾼이야. 형은 여자를 사랑해 본 적이 없어서 모르는데 돈을 노리고 형에게 접근했을 거야."

친구가 그렇게 말했을 때, 친구의 형은 불같이 화를

냈다.

"그녀라고 편했겠니?"

"……."

"하긴, 불가피했을 거야."

친구의 형은 안도의 숨을 쉬었다. 자신의 사랑은 진실했으며 그 사랑을 배신했다고 하더라도 그녀의 입장을 이해하려고 했다. 그녀가 배신했다고 생각할수록 자신의 사랑을 헛되게 하는 것이 되어서 그러는지 일방적이었다. 그녀는 형의 이상형이었다. 누구에게서도 받을 수 없는 사랑을 그 여자에게서 받았고, 그 여자의 사랑은 진실했다고 강변했다.

"비록 떠났지만 행복했어. 언제고 다시 돌아올 거야."

친구 형은 그 여자가 빈털털이가 되어 다시 돌아오면 좋겠다고 말했다. 그 여자의 가슴에 자신이 남아 있는 증거라며.

맙소사! 친구는 굳이 형의 환상을 깨고 싶지 않았다고 했다.

"한심한 것은 맞는데. 어쩔 수 없었어."

행복했다는데 할 말이 없었다고 했다.

병석은 친구 이야기를 떠올리며 연화를 생각했다. 연화와 자신의 이야기 같았기 때문이다.

유치장에 있는 병석을 위해 그의 집에서 변호사를 선임했다.

연화가 병석을 면회 갔을 때, 그는 보기에 안쓰러울 정도로 수척해 있었다. 병석의 눈가에 누군가 칼질을 해놓은 듯 잔주름이 선명했다. 연화는 죄책감에 몸 둘 바를 몰랐다. 저 잔주름들은 연화 자신이 칼을 들고 그의 얼굴에 직접 새겨놓은 것이었다.

연화는 어리석은 자신을 돌아봤다. 병석은 그녀가 무슨 짓을 하고 있는지 다 알고 있었다. 연화가 자신을 배신했다는 걸 알면서도 지금 연화를 구해주고 있는 것이다. 미안함에 죽고 싶었다. 연화는 병석이 자신을 향해 짓고 있는 연한 웃음을 보면서 자신의 내면을 들여다보았다. '나는 정말 죽일 년이다. 이런 사람을 두고…' 연화는 자신의 내면에서 울리는 소리를 들었다. 역설적이게도 그것은 자신도 병석을 사랑하고 있다는 소리였다.

연화를 보자 병석은 마냥 반가운 모양이었다. 들뜬 표정을 짓기도 했고, 자신의 사랑이 헛되지 않았음을 직감하는 다짐 같은 게 보이기도 했다.

병석의 면회를 다녀온 지 며칠 지나 명자가 연화를 찾아왔다. 병석의 소식을 들었던 것이다.

"아직도 분노가 남아 있어?"

"아니. 마음은 용서가 됐어. 그리고 미안하기도 해. 아직 겉으로 고분고분하게 말하기가 어렵긴 하지만."

"네 아버지와 큰엄마는 어때?"

"큰엄마는 병석의 일로 신경이 쓰였는지 쓰러졌대. 중풍이래. 아버진 뒤늦게 중풍 든 마누라 병수발을 하느라 죽을 지경이겠지. 평생 큰엄마에게 들볶이며 살았는데, 이제 그보다 더한 병수발로 고생 좀 하겠지. 뭐 죗값을 받는 거 아니겠어."

"죗값은 네 큰엄마만 치르는 것 같은데?"

"그런가?"

"네 친엄마는?"

"몰라. 얼핏 뇌성마비 아들을 낳았고 그 애를 보살피며 살고 있다고 들었어. 딸은 버렸어도 아들을 위해 진정한 모성애를 실현하는 중이신가 봐."

—청년의 경우

어느 날, 텔레비전에서 30대쯤 되는 남자가 말했다. 자신은 늘 주머니에 칼을 가지고 다닌다고 했다.

"우연히라도 엄마를 만난다면 곧바로 찔러 죽이려고….'"

대부분 일반적인 사람들은 그 청년의 그런 말을 들으면 끔찍해서 몸을 떨 것이다. 그러나 그 청년의 말을 듣고 나면 약간의 이해가 된다. 살모사도 아니고 자신을 이 세상에 태어나게 한 엄마를 죽이겠다는 일념으로 살아오다니!

이 험악한 세상에 낳아서 버린 여자를 증오한다는 것이다. 태어났을 때부터 악인이 따로 있을 것이라고 생각할 것이다. 그러나 얼마나 많은 어려움을 겪었으면 그렇게까지 미운 마음을 간직하고 있었을까? 이해가 간다.

고아원에서 자란 주인공은 더 이상 고아원에서 돌봄을 받을 수 없는 나이가 되자 사회에 복귀한다. 그러나 사회 적응도, 훈련도, 안되었고 돈도 부족하다. 아는 사람이라고는 고아원 동기나 선배들이다.

그 와중에 자립할 자금을 가지고 나온 것을 안 주변 사람들이 들러붙어 사기를 당한다. 그가 어리석어서라기보다는 주변에 아는 사람이라고는 어려운 처지에 남의 것을 빼앗아야 살 수 있는 나쁜 사람들뿐이라면 속을 수밖에 없다.

주변은 악의 무리들이다. 벗어날 방법은 불법을 저지르고 악의 무리들과 어울리는 방법이 전부다. 수 없는 사람에게 사기와 좌절의 구렁텅이에서는 살아갈 방법은 없다. 그들은 포식자들의 먹잇감으로 전락해서 구치소 단골이 되기도 한다.

그들도 살기 위한 몸부림이다. 같은 약자들끼리는 잔인하지만 강자에게 도둑질도 어렵다. 그러니 같은 고통으로 시달리는 주변 사람들이 먹잇감으로 포착되는 것이다.

세상이 오죽 답답하면 이 세상에 낳아 버린 엄마를 저주했을까. 연화는 그 청년의 심정을 이해할 것 같았다. 너무나 고통스러우면 극단적인 생각을 하게 되는 것 같다. 사회에 대한 복수, 낳아놓고 버린 엄마에 대한 복수다.

사회 약자 그들이 살아갈 방법은 없는가?

그런 말을 할 수 있는 것은 지금은 자립해서 안정된 생활을 하기 때문이리라.

—춘심의 경우

춘심의 불행은 통제 불가능한 정념에 사로잡혀 이성을 잃어버린 데서부터 왔다. 어쩌면 태어날 때부터 형벌을 받을 운명이었는지도 몰랐다. 열악한 환경에서 자란 춘심은 남자에게 의지해 안락한 삶을 꿈꾸었다. 이 기대 하나로 다른 건 아무것도 보지 않은 죄가 춘심 자신에게 있었다. 어느 누구를 원망할 수도 없었다. 자신을 속여 가며 올바른 선택이라고 믿고 싶었다. 이 모든 선택은 자신의 명백한 잘못이었다.

인간은 누구나 살면서 선택의 기로에 선다. 삶의 모든 순간이 그렇다. 그때마다 심하게 흔들리곤 하지만 그래도 조금이라도 나은 결정을 하려 애쓴다. 그리고 그 선택을 운명이라는 이름으로 감수해야 한다.

춘심은 연화를 떠나보내고 남편과의 사이에 아들을 낳았다. 그런데 건강하던 아이가 자라면서 열병에 시달리더니 온몸이 뒤틀리는 중증 병에 걸렸다. 이 아이가 차라리 죽었으면 싶었다. 잠깐은 괴롭겠지만 살면서 잊을 수 있을 것 같았다. 하지만 아이는 죽지 않고 살았다. 눈앞에서 장애아인 아들과 평생을 함께 살아야 하는 중벌을 선사 받은 것이다. 연화를 버린 죗값인 것 같았다.

춘심은 날마다 아들을 죽이는 상상을 하다가 화들짝 놀라기 일쑤였다. 천형으로 알고 더 이상 하늘에 부끄럽게 살지 말자고 다짐을 하면서도 누군가 저 애를 사라지게 해주면 좋을 것 같았다. 한순간이라도 자유롭고 싶었다. 그러나 아이를 두 번 버릴 수는 없는 일이었다. '인간은 왜 스스로 선택해서 벌을 받을까? 악한 마음은 어디에서 오는가? 갈 데까지 가보자. 어떻게라도 아이를 잘 키워보자.' 이렇게 생각했다.

춘심에게 장애아 아들은 탄광 속의 카나리아였다. 울음소리가 아름다운 춘심의 아들은 어떤 고통 속에서도 견뎌야 하는 한 마리 카나리아였다.

새 인생을 살아보려고 딸까지 버려가며 무리한 선택을 했다. 그리고 그때는 그것이 최선의 선택인 줄 알았다. 하지만 돌아온 결과는 처참함 그 자체였다.

"팔자는 못 속인다는 어른들 말이 맞는가 봐."

우울증 환자가 되어가던 춘심에게 남편이 내뱉곤 하던 말이었다. 시댁과의 갈등은 멈출지 몰랐다. 연상이라는 이유가 있었고, 헌 계집이라는 폄하가 있었다. 재수 없게도 박복해서 아들이라고 낳아 놓은 게 사람 구실도 어려운 장애아였다. 이런 와중에 남편은 우울증 환자가 되었고, 춘심은 희망 없음에 삶의 의욕을 잃었다.

춘심이 파라다이스를 꿈꾸고 들어온 곳은 지독한 독가스가 가득한 탄광의 갱도였다. 그것도 자신이 스스로 선택해서 들어온 갱도였다. 그래도 죽지 못하고 살아야 하는 이유가 있었다. 장애를 가진 아들이었다. 그 애가 살아있는 한 죽을 수 없었다. 제 새끼를 또 버릴 수는 없었다.

"서준씨는 어떻게 되었어?"

"제 버릇 개 주겠니? 바람기 따라 또 어디서 허튼짓이나 골라서 하겠지."

"경제력도 있고 그놈의 바람기만 없으면 고려할 만한 남잔데…."

"서준과는 완전히 끝났어. 자기 불리하다고 도망치는

놈을 어떻게 믿니?"

"사랑이란 참 이상해. 왜 그런 나쁜 놈에게 끌리는지 몰라."

"나쁜 놈일수록 매력이 있어서겠지. 그런 나쁜 놈에게 매력까지 없으면 여자 구경이나 어디 하겠니?"

"웬 인류애? 논리 한번 거창하네."

"그런 놈에게 걸려든 여자들은 신세 망치는 거지."

"걸려든 여자들은 어쩌면 팔자가 센 여자 아닐까?"

명자와 이야기를 주고받으며 연화는 엄마를 생각했다. 순간의 선택이 팔자를 정하는 것 같았다.

"이젠 고생을 해도 병석 오빠를 놓치면 안 될 것 같아."

"죄 받을 것 같아서?"

"그런 건 아니고. 은혜를 저버리면 안 될 것 같아서."

"그건 그렇지. 그런데 범생이들은 매력이 없어서 마음이 안 가는 게 문제긴 해."

"뭐니 뭐니 해도 병석 오빠 내 일생의 은인이야. 그와 살아야 마음이 편할 것 같아. 그리고 나 병석 오빠 아이 가졌어."

"정말? 잘 됐네. 그렇지 않아도 안타까웠어, 병석씨가."

"그런데 난 우리 엄마처럼은 싫어. 물론 그때 엄마 입장을 모르는 건 아니지만. 어쨌든 지금은 내 아이를 지켜낼 자신이 없어."

"그럼 없애버릴 거야?"

"그렇게 하고 싶어. 책임도 지지 못할 아이를 낳아 나 같은 인생을 살게 할 수는 없어."

연화는 이제부터는 단순히 수동적으로 움직이는 존재가 아닌 원하는 곳으로 이동하고 결정하는 능동적인 사람으로 살고 싶었다. 앞으론 자신이 원하지 않는 일은 안 할 권리를 챙기며 살고 싶었다.

며칠이 지나 명자가 연화를 다시 찾아왔고, 연화 엄마의 소식을 전했다.

"너네 엄마가 자살을 했대."

"잘 됐네."

"무슨 말을 그렇게 하니? 그래도 엄만데."

"왜? 젊은 남편의 사랑이 식었대니?"

"너 어떻게 알았어?"

"그렇잖아. 장애가 있는 아들을 두고 죽을 땐 다 이유가 있을 거 아냐?"

"하긴. 남편은 다른 여자에게 가버리고 혼자 장애 아들을 돌보기가 쉬웠겠니?"

"우리 엄마라는 사람은 그런 사람이야 한심하게도."

"그래도 불쌍하지 않니?"

"불쌍은 하지. 어쨌든 한 번 책임을 지지 못하면 또 책임지고 살기 힘들어."

"그 아인 어떻게 될까?"

"시설에 가던지, 아니면 누군가에게 맡겨지겠지."

"설마하니 너처럼 구박을 당하지는 않겠지. 그래도 장애잔데."

"죽기를 잘했다는 생각은 사랑이야."

"뭐? 그런 억측이 어딨니?"

"불행의 유전자이긴 하지만 그래도 유전자를 물려준 엄마이기 때문에 불쌍하긴 해. 그런데 난 어려서부터 불행에 익숙해져서 그런가 마음은 냉정하고 싶어. 나라고 남에게 저주받는 그런 인생을 산 엄마처럼 살고 싶었겠니? 보통의 가정에서 자라며 착하게 살고 싶었어. 누구의 앞길도 막지 않으며 평범하게 살고 싶었지. 하지만 모전

여전(母傳女傳) 아니랄까 봐 불행의 유전자가 복제된 것처럼 엄마와 삶이 비슷하게 엮이네. 운명이라고 생각했어."

"운명은 이겨내라고 있는 거야."

"그래. 그렇게 생각하자. 어쨌든 조금 일찍 죽는다고 생각하면 그만이야. 죽는다는 게 뭐 대단한 일도 아니고. 오죽하면 세상을 끝냈겠어."

"하긴, 희망이 없었겠지."

"나도 큰엄마 집에 있을 때 죽고 싶었거든."

"그 시절 너 고생 참 많았지."

"매를 맞으면 잠시 아프면 그만이지만, 임신 중절을 하고 나서 죽도록 국수틀을 돌려대게 했을 때는 진짜 죽고 싶더라. 넌 잘 모를 거야. 아무리 죽으려고 해도 죽어지지가 않는 심정을. 큰엄마라는 사람은 화냥년이라며 인정사정 볼 것 없이 부려먹고도 죄책감 하나 없어. 제 동생이 저지른 일을 가지고 나만 죽이려 들었지."

"그땐 진짜 너무 했어."

"어쩌면 죽는 것은 고통에서 해방되는 일이야. 그래도 우리 엄마는 용기가 있었네. 이제 엄마에게 연민이 사라져서 다행이야."

존재의 이유

'모든 존재는 언젠가 죽는다. 그렇다면 나도 죽을 텐데 내가 죽으면 나라는 존재는 어떻게 되지? 그리고 어디로 가게 될까? 삶과 죽음을 구별하는 말을 영혼이라고 한다. 그 특별한 언어는 어떻게 만들어진 걸까? 생명의 흔적이 남아있다는 말일까? 아니면 그냥 죽었다는 말 대신 쓰는 말일까?'

연화는 앞뒤 생각해보지 않고 임신 중절을 해서 아기를 없애려 했다. 자유롭게 살고자 하는 삶에 아기는 걸림돌이라고 생각했다. 그때 잠시 엄마 생각이 났다. 죽이지 않고 자신을 낳아줘서 고맙다는 생각이 들었다. 결국 연화는 아기를 살리기로 결심했다.

　연화는 한 생명을 갖고 나서 자신이 미련했다는 자각이
왔다. 삶을 다시 살고 싶었다. 이제부터라도 병석을 아끼
고 한평생 은혜를 갚으리라 마음먹었다. 세상에 태어나서
처음 자신을 사랑해준 남자였다. 그런 남자를 지옥에 빠트
렸으니 이 어리석음을 무엇으로 갚을 수 있을까 싶었다.

　연화는 자신의 이중성을 보았다. 병석에게 복수를 하
겠다는 생각은 어느새 없어지고 그를 간절히 원하고 있음
을 깨달은 것이다. 알고 보면 사랑은 별 게 아니었다. 그
저 자신도 모르게 그를 떠나지 못하고 잡는 이유가 바로
사랑이었다. 비열하게도 그를 사랑했으면서도 자신을 속
인 것이다.

　우주에서 바라보면 인간의 일생은 먼지와도 같다. 한
순간도 못 되는 찰나를 살면서 울고, 분노하고, 적개심으
로 일생을 보내는 것이다. 이런 찰나의 삶이지만 삶은 누
구에게나 무한히 반복될 것이고 이 반복 또한 무한이 반
복될 것이다. 어떤 철학자가 말했다 하지 않던가. 두 번
다시 돌아오지 않는 인생이란 그림자 같은 것이라고.

연화는 자신을 버린 엄마를 떠올렸다.

'그 엄마는 나를 임신하고 어떤 심정이었을까. 잘 키워서 남자의 사랑을 잡아두고 싶었을까. 그늘 속에서, 숨겨진 채로 살더라도. 새로 결혼해서는 자신의 과거를 숨기려고 나를 찾지 않았을까. 보면 가슴이 아파서 차라리 보지 않고 잘 살겠거니 믿으려고 그랬을까.'

이렇게 생각하면서도 부정적인 생각이 더 강하게 쳐들어오는 걸 막을 수 없었다. '자신의 머리채를 잡았던 여자에게 보낸 딸이 잘 살 거라고 믿는 바보가 어디 있단 말인가. 그럴 리는 없지. 남편이 다른 여자에게서 낳은 딸을 사랑으로 보살피는 여자가 이 세상에 있을까. 그리고 그것을 엄마는 믿었을까. 그렇게 바보였을까.'

연화는 엄마가 한 번쯤은 학교라도 찾아올 줄 알았다. 큰엄마한테 몹시 아프게 매를 맞은 날 울면서 엄마를 부른 적이 한두 번이 아니었다. 부르다 부르다 목이 터지게 부르다 운 적이 한두 번이 아니었다. 종아리에 피가 나는 것도 엄마에게 보여주고 싶었다.

"엄마, 너무 아파" 하며 어리광을 피우고 싶었다. 그러면 엄마가 피가 나는 종아리에 연고를 발라주며 안아줄 것 같았다. 그러면서 "엄마가 돈을 모으면 데리러 올게"
하고 말해주길 바랐다. 그렇게 작은 희망이라도 갖고 살
고 싶었다. 하지만 엄마는 자기 삶만 챙기는 무정하고 이
기적인 사람이었다. 그렇게 엄마는 연화의 가슴속에 자식
을 버린 나쁜 여자로 남았다.

연화는 엄마가 자신을 차라리 길거리에 버렸다면 나았
을 것이라는 생각을 했다. 고아원에서라면 이보다는 덜
고생했을 것 같았다. 아니면 엄마 집 근처에서 살게 하고
개처럼 몰래 밥을 먹였더라도 만족했을 것 같았다. 그랬
다면 엄마를 이해했을 것이다. 잘살아보려는 여자로서의
간절한 희망을 이해했을 것이고, 남편의 사랑을 받으며
평범하게 살고 싶은 여자로 이해했을 것이다.

하지만 무정하게도 엄마는 소식도 없었고 자식이 죽든
말든 상관하지 않았다. 오직 자신의 삶에만 만족했다. 그
런 엄마는 천벌을 받아야 한다고 생각했다. '하필이면 날
마다 죽여도 시원치 않다는 여자에게 나를 보냈을까. 아
무리 미워해도 분이 풀리지 않는다며 날마다 때리는 여자
집으로 왜 나를 보냈을까. 내가 이 세상에서 가장 복수하

고 싶은 사람은 내 엄마다. 어떻게 죽여야 그 벌을 다 받고 죽게 할 수가 있을까. 밉다는 표현도 쓰기 아깝다.' 이렇게 생각하며 살았다.

하지만 다른 곳에 버려졌으면 창녀촌이나 걸인으로 전락했을지도 몰랐다. 길거리에 있는 아름다운 소녀를 불량배들이 가만 놔두었을까. 그때만 해도 고아원은 너무 커서 받아주질 않는다고 했다. 그래서 엄마는 그나마 제 새끼이니 죽이지는 않겠지 하고 믿었는지도 몰랐다. 그래서 아버지 집에 보냈던 것이다. 그리고 학교를 가야 나중에라도 살아갈 수 있다고 판단했을지도. 자식을 사랑하는 마음을 뭐라고 단정 지을 순 없는 거 아니겠는가. 그동안 큰엄마에게서 매를 맞거나 미움을 받을 때마다 몇 배를 더 엄마를 증오했다. 지금 뱃속에 아기가 있는 성인이 되고 보니 엄마 마음을 이해할 수 있을 것 같았다.

여자의 한 일생을 포기해야만 하는 일이었다. 엄마도 한 여자였고, 그녀에게도 삶이 있었다. 아이 때문에 희생한 여자의 일생은 누가 책임질까. 연화는 이제야 알 것 같았다. 결국은 자신이 행복함으로써 용서도 가능하다는 것을. 또 미움도 잊을 수 있다는 것을.

약자는 복수를 포기하는 순간 자괴감에 빠진다. 자신이 강자에게 복수할 수조차 없음을 자각하게 되는 순간이기 때문이다. 복수는 오직 강자만이 누릴 수 있는 욕망이다. 약자는 원수를 용서할 자격조차 없다. 강자가 되었을 때, 원수를 용서할 자격을 갖게 된다. 약자는 무조건 힘을 길러 강자가 되어야 한다. 그래야만 복수할 능력을 갖추게 되는 것이다. 5년이든 10년이든 치욕을 잊지 말고 가슴에 새겨두어야 한다. 마침내 해악을 가한 사람보다 압도적인 우위에 있게 된 날 결정할 수 있다. 계획대로 복수할 것인지, 용서할 것인지. 복수라는 마음속 원한을 없애는 방법은 자신이 힘을 키우고 행복해지는 일뿐이다. 그리고 그때 용서도 할 수 있는 일이다. 복수하려면 자신이 먼저 희생할 각오가 되어 있어야 한다. 그 생각을 가지고 있는 한 자신도 지옥에 살고 있을 테니까. 원수를 미워하는 동안 자신이 불행해져야 하니까.

세계로부터의 분리, 힘의 원천에 대한 통찰 그동안 그
녀가 얻은 힘을 현실에 가져와야 한다. 그리하여 혼란이
들끓는 이 세계에 선의 의지를 접목시켜야 한다.

그러므로, 길가는 이들이여.
그대 비록 악을 이기지 못했으나
약과 마음을 얻었으면,
아픈 세상으로 가서 아프자.

연화는 누구도 사랑하지 않는 모진 마음을 가졌지만 결
국 그녀가 행복해지려면 용서를 해야 한다는 생각을 했다.
그동안 앙심을 품고 살아온 자신이 패자가 된 셈이었다.
복수심에 혈안이 되어 아까운 자신의 인생을 즐기지 못했
던 것이다. 왜 원수를 사랑하라고 했는지 알 것 같았다.
복수심을 가슴속에 품고 있었던 시간만큼 그녀는 행복하
지 않았다는 사실을 깨닫게 되었다.

심한 입덧을 하면서 엄마를 생각했다. 한 생명을 이 세
상에 있게 한 여인이었다. 그녀 안에서 피를 받아 내가 태

어난 것이다. 그로 인한 모진 고통을 감수하면서. 많은 어려움에서도 나를 낳아 키워준 분, 불쌍한 한 여자를 미워한 것이다. 한 생명을 이 세상에 있게 한 여인이었다.

경찰이 타살 혐의점을 찾아 보강수사를 하는 동안 연화는 병석과 잠시 함께 있었다. 변호사가 걱정하지 않아도 된다는 자신감을 피력한 말마따나 병석은 구속적부심을 통해 풀려났다.

병석과 함께 있으니 그동안 병석이 보여준 사랑이 가슴을 훑고 지나갔다. 이보다 더 큰 사랑이 있을까 하는 생각이 들었다. 감사의 마음으로 시간을 함께했다.

그 후 정당방위보다 미필적 고의로 인정이 되었다. 우연히 싸움을 말리는 과정에서의 의도치 않은 사망이라는 사실이 입증되었던 것이다.

처음에 연화는 아이를 인생의 걸림돌이라고 여겼고 당연히 중절해야 한다고 생각했다. 임신한 것 때문에 병석을 잡고 싶은 생각도 없었다. 그가 좋아할지 싫어할지도 몰랐다. 그런데 이때 엄마 생각이 났다. 연화 자신을 없애지 않고 이 세상에 나오게 한 것도 큰 용기라는 생각이 들었다. 왜 낳아서 이렇게 고생을 시키느냐고 원망도 많이 했지만, 한 여자가 보호자 없이 아이를 낳아 키우는 일을 선택한 건 대단한 일이었다. 차라리 죽는 건 쉬웠다. 하지만 미혼모라는 딱지를 붙이고 살기에 세상은 그렇게 만만한 곳이 아니었다. 그런 와중에도 연화 자신을 낳아 기른 엄마가 고맙다는 생각이 들었다. 엄마의 마음고생이 가슴을 훑고 지나갔다.

그렇다면 엄마를 원망하는 대신 엄마의 길을 가보고 싶었다. 연화는 아이를 낳아보려는 마음이 생겼다. 그동안의 입장에서 변화가 생긴 것이다.

병석은 불구속 상태에서 재판을 기다리고 있을 때였다. 병석이 아이를 기다리고 있었는지는 잘 모르지만, 그에게 말하기로 결심했다. 엄마 생각이 나면서 자신은 과연 어떤 엄마가 될지 궁금하기도 했다.

병석을 위해 저녁 준비를 했다. 연화는 한 번도 병석 앞에 보인 적 없는 자신의 사랑을 병석에게 보여주고 싶었다. 모처럼 정말 열심히 저녁 준비를 했다. 병석을 기쁘게 해야 한다는 생각이 들었다. 그동안 수많은 애증과 갈등으로 고심했던 시간들을 잊게 해주고 싶었다. 축하주를 마시며 새로운 사랑을 다짐하고 싶었다. 언약도 하고 싶었다. 병석과 연화에게 평생 잊지 못할 중요한 날이었다.

'그에게 기쁜 소식을 전하리라. 그도 알고 있겠지? 사랑하면서도 공연히 어깃장을 놓았던 내 마음을….'

병석은 꼼짝하지 않고 연화를 뚫어지게 바라보았다. 연화는 병석의 눈길을 정면으로 받았다. 이상하게 여겨졌다. 그 순간 말할 수 없이 순수해진 기분이 들었다. 이제야 또 다른 자신을 완성시킬 의무가 주어진 느낌이었다. 모든 것이 새삼스러웠고, 모든 것이 아름다웠다. 신이 되면 이런 기분을 설명할 수 있을까 싶었다.

병석은 줄곧 연화의 눈을 뚫어지게 응시하고 있다가 연화가 이야기를 마치자 눈물을 흘렸다. 눈물만 흘릴 뿐 병석은 아무 말도 하지 못했다. 병석의 영혼이 마치 뭔가에 홀린 것 같았다. 사실은 망망대해에 있는 외로운 섬 같은 병석의 가슴에 기쁨이 가득 찼다. 하지만 그가 말을 못하는 것은 적당한 형용사가 떠오르지 않기 때문이었다.

연화는 인간에 대한 연민이 동반되어야 진정한 사랑이 가능하지 않을까 하는 생각을 했다. 그러면서 젊음이 사라지면 사랑도 사라지는지 궁금했다. 그게 아니라는 것을, 사랑이 한때 젊음의 소유물만은 아니라는 것을 증명하고 싶었다. 그리고 사랑은 결코 한순간의 충동이 아니라는 것도 확인하고 싶었다. 그래서 그런 사랑을 자신이 직접 실천해보기로 했다. 뱃속의 아이를 통해서.

자신이 엄마가 되려는 순간, 한 여자의 운명, 그 여인을 생각하면 가슴이 아파진다. 험한 세상이라도 겪게 하고, 즐거움도 고통도 느낄 수 있게 한 것이 고마웠다. 엄마는 자신의 삶을 고스란히 훼손시킨 것이다. 내 아이에게 따뜻한 가슴으로 지켜주어야 할 그런 엄마로 거듭나야 한다.

연화는 그동안 충동으로 사랑을 만들어 내고 그것에 휘둘렸다. 이제 연화의 뱃속 아이는 자연의 순리대로 사계절의 혜택을 받을 것이고, 부모의 사랑으로 키워질 것이다. 적어도 자신들이 살기 위해서 어린 생명을 고통 속에 몰아넣지는 않을 것이다. 눈물을 흘리며 감동하는 병석을 바라보며 연화는 살아있음에 사랑을 하고, 그 사랑을 지키는 일도 자유의지대로 하리라 마음먹었다.

　'이 세상은 사랑하는 자들의 것이며 생의 찬미로 가득 찬 곳이다. 사랑의 다리 위에서 우린 행복해야 한다.'
뱃속의 아이는 반드시 행복해야 한다.

삼월의 토끼

이정은 지음

발 행 처 · 도서출판 청어
발 행 인 · 이영철
영   업 · 이동호
홍   보 · 천성래
기   획 · 남기환
편   집 · 방세화
디 자 인 · 이수빈 | 김영은
제작이사 · 공병한
인   쇄 · 두리터

등   록 · 1999년 5월 3일
(제321-3210000251001999000063호)

1판 1쇄 발행 · 2021년 8월 30일

주   소 · 서울특별시 서초구 남부순환로 364길 8-15 동일빌딩 2층
대표전화 · 02-586-0477
팩시밀리 · 0303-0942-0478

홈페이지 · www.chungeobook.com
E-mail · ppi20@hanmail.net
I S B N · 979-11-5860-966-5(03810)